MONSIGNOR

QUIXOTE

Graham

Greene

吉诃德大神父

［英］格雷厄姆·格林 著

房小然 译

外语教学与研究出版社

北京

京权图字：01-2016-5031

MONSIGNOR QUIXOTE © Graham Greene, 1982

图书在版编目（CIP）数据

吉诃德大神父 ／（英）格雷厄姆·格林（Graham Greene）著；房小然译. ——
北京：外语教学与研究出版社，2016.8
　　书名原文：Monsignor Quixote
　　ISBN 978-7-5135-8010-6

　　Ⅰ. ①吉… Ⅱ. ①格… ②房… Ⅲ. ①长篇小说－英国－现代 Ⅳ. ①I561.45

中国版本图书馆CIP数据核字(2016)第215188号

出 版 人	蔡剑峰
项目策划	杨芳州
出版统筹	张　颖
责任编辑	孙嘉琪
执行编辑	贾晓光
封面设计	马晓羽
装帧设计	马晓羽
出版发行	外语教学与研究出版社
社　　址	北京市西三环北路19号（100089）
网　　址	http://www.fltrp.com
印　　刷	紫恒印装有限公司
开　　本	880×1230　1/32
印　　张	7.5
版　　次	2016年11月第1版　2016年11月第1次印刷
书　　号	ISBN 978-7-5135-8010-6
定　　价	43.00 元

购书咨询：（010）88819926　电子邮箱：club@fltrp.com
外研书店：https://waiyants.tmall.com
凡印刷、装订质量问题，请联系我社印制部
联系电话：（010）61207896　电子邮箱：zhijian@fltrp.com
凡侵权、盗版书籍线索，请联系我社法律事务部
举报电话：（010）88817519　电子邮箱：banquan@fltrp.com
法律顾问：立方律师事务所　刘旭东律师
　　　　　中咨律师事务所　殷　斌律师
物料号：280100001

目 录

第一部

第二部

吉诃德大神父

世间本无善恶，全凭个人怎样想法而定。

——威廉·莎士比亚

献给莱奥波尔多·杜兰神父，

奥雷里奥·贝尔德，

奥克塔维奥·维多利亚和米格尔·费尔南德斯，

我在西班牙路上的旅伴们。

也献给汤姆·伯恩斯，

我1946年初访西班牙正是因他而起。

本书受惠于 J.M. 科恩的《堂吉诃德》英译本，谨在此致以谢意。

格雷厄姆·格林

第一部

I

吉诃德神父是如何突然跃升为高级教士的

事情的经过是这样的。吉诃德神父吩咐女管家准备午餐后，便驱车前往合作社买酒去了。合作社位于通往巴伦西亚的主路上，距离埃尔托沃索镇八公里。当日天气炎热，大地热得仿佛开始冒烟了，神父开的西雅特 600 是辆二手车，购于八年前，没有空调设备。想到换辆新车遥遥无期，神父不禁感到十分沮丧。据说，狗的年龄乘以七才相当于人的岁数，如此算来，这辆车正是身强力壮的时候，可教区居民却不这么看，大家都觉得它该报废了。"吉诃德先生，这家伙该寿终正寝了。"对此，神父只能辩解道："这可是我的患难伙伴，我向上帝祷告过，祈求它比我命还长。"但鉴于自己此前多数祷告从没灵验过，他只能寄希望于上帝偶发慈悲，可怜可怜他了。

借助往来车辆扬起的尘土，神父确定了主路的位置。他一边开车，一边挂念着西雅特车的命运，为了纪念祖先，他把它叫做"我的罗西纳特[1]"。想到车子锈迹斑斑被遗弃在垃圾堆里的样子，神父心中突然一阵抽搐。他曾盘算过几次，打算购买一小块土地赠予某个教民，前提是后者能为自己的车提供个栖身之地，可惜找不到可以托付的人。而无论如何，随着岁月的流逝，车子终究躲不过生锈的厄运，也许废品场的压碎机才是它最好的归宿。神父忧心忡忡地惦记着车的命运，差一点撞上一辆黑色奔驰车，那辆车停在主路的拐弯处。车里的司机一身黑衣，神父以为对方正从巴伦西亚长途跋涉前往马德里，此时正在休息，于是没停车，继续向合作社开去。直到返程时，神父才注意到司机白色的罗马领，它就像手绢总是象征悲伤一样富有标志性。神父心中忍不住纳闷，自己的同行怎么能买得起奔驰车？待停下车，他才瞧见司机领子下的紫色围领，原来眼前这位同行即使不是主教，也是位高级教士。

吉诃德神父向来惧怕主教，这是有原因的。尽管神父有个赫赫有名的祖先，可在他的主教眼里，他只是个普通农民。主教并不喜欢他。"一个虚构人物怎么可能有后人？"在一次与他人的私下谈话中，主教曾如此诘问道。这番话没多久就传了吉诃德神父耳朵里。

主教的这番话令与他谈话的人大吃一惊："**虚构**的人物？"

"一个徒有虚名，名叫塞万提斯的家伙瞎编出来的人物，小说中很多地方简直令人作呕，若放在佛朗哥将军[2]时期，这书想通过

1　小说《堂吉诃德》中堂吉诃德的坐骑。

2　弗朗西斯科·佛朗哥，西班牙最后一位独裁者，1936 年发动西班牙内战，自 1939 年开始到 1975 年独裁统治西班牙长达 30 多年。

审查，门儿都没有。"

"但是，主教阁下，埃尔托沃索镇确实有杜尔西内娅[1]的房子。门牌上清清楚楚写着'杜尔西内娅故居'。"

"骗骗游客而已。你想想，"主教气冲冲地继续说，"在西班牙语里，你甚至找不到吉诃德这个姓氏的出处。连塞万提斯本人都在书中说，姓氏有可能是吉哈达，盖萨达，甚至是盖哈纳，堂吉诃德临死时又称呼自己为吉哈诺。"

"如此说来，主教阁下，您读过那本书。"

"我连第一章都读不下去，不过我瞥了眼结局。这是我读小说的习惯。"

"也许神父的某位先人叫吉哈达或者盖萨达，这也不好说。"

"那种人何来先人一说[2]。"

正因如此，在向奔驰高级轿车里的上级做自我介绍时，吉诃德神父心中不免惶恐："阁下，鄙人是吉诃德神父，请问我可以帮上什么忙吗？"

"当然，我的朋友。我是墨脱坡的主教。"对方一口浓重的意大利口音。

"墨脱坡主教？"

"虚职而已[3]，我的朋友。这儿附近有修理厂吗？我的车子抛锚

---

1 《堂吉诃德》中堂吉诃德邻村的姑娘。堂吉诃德擅自给姑娘改名为杜尔西内娅，并封其为自己的情人，可姑娘本人并不知情。

2 12世纪之前，西班牙只有贵族才有姓。

3 尽管有些地方不信教，但教皇依然会任命某人为该地区主教，实际上有名无实，本文中的主教即是如此。

了，最好能先吃点东西，我的肚子饿得咕咕叫了。”

“我的村子里倒是有个修理厂，可惜关门了，修理工今天参加葬礼，他岳母过世了。”

“愿她得以安息，”主教紧握住胸前的十字架，习惯性地顺口说道，随后又补了一句，“真是祸不单行啊。”

“修理工几小时后就会回来。”

“几小时！那附近有吃饭的地方吗？”

“主教，不知您是否愿意屈尊和我共进午餐……埃尔托沃索镇的饭馆都不太像样，要不东西难吃，要不酒难喝。”

“我现在必须要喝上一杯才好。”

“如果您不介意粗茶淡饭，比如牛排……配沙拉，我倒是可以让您尝尝本地的好酒。女管家每次给我准备的饭都多，我一个人也吃不完。”

“我的朋友，你简直是救我于苦难的守护天使。我们走吧。”

吉诃德神父车子的副驾驶位已经被一罐酒占领了，主教是个大高个，却坚持弓身坐在后座上。“我们不要打扰酒。”主教说道。

“阁下，这不是什么好酒，您坐前面会舒服一点……”

“自迦南婚宴[1]起，任何酒可都是好东西，我的朋友。”

吉诃德神父像一个被训斥的小孩，一路沉默无语，车子最终抵达了教堂旁的小屋前。主教进屋门必须低头，否则就会碰到脑袋，屋子大门径直通向客厅。“承蒙吉诃德先生款待，这真是我的

---

1 《圣经》中著名的结婚典礼。

荣幸。"主教说。听了这话，神父刚才一直紧绷着的神经才稍稍舒缓了一些。

"我自己的主教不喜欢读书。"

"服侍神，热爱文学，两者往往不可兼得。"

主教来到书架前，书架上放着吉诃德神父的《弥撒书》《每日祈祷》和《新约》，研习教义期间翻烂的神学书，以及他喜爱的圣人的作品。

"阁下，恕我失陪片刻……"

吉诃德神父走进厨房，去找女管家。厨房一室两用，既做厨房，又兼做女管家的卧室。有一点必须说明，洗碗池是女管家唯一可以洗东西的地方。女管家身材魁梧，龅牙，上嘴唇还隐约有些胡须。她对任何活物都不信任，却对圣人心存敬畏，但仅限女性圣人。女管家名叫特丽莎，除镇长之外，埃尔托沃索镇谁也想不到称呼她为"杜尔西内娅"，因为没有人读过塞万提斯的大作，除了被认为是共产主义者的镇长和饭馆老板，而后者有没有读过堂吉诃德大战风车之后的部分也令人怀疑。

"特丽莎，"吉诃德神父说道，"今天中午有贵客，手脚麻利点。"

"家里只有给你准备的牛排和一份沙拉，还有点剩下的曼彻格奶酪[1]。"

"我的牛排够两人吃，主教很随和。"

"主教？想让我伺候他，门儿都没有。"

---

1 名字来源于其产地，亦即堂吉诃德故乡的名字。

"不是我那位主教，是一位意大利主教，非常谦逊有礼。"

于是，吉诃德神父将自己的偶遇一五一十告诉了女管家。

"可是，牛排……"特丽莎欲言又止。

"牛排怎么了？"

"总不能让主教吃马肉吧。"

"我的牛排是马肉？"

"一直是马肉。你给的那点钱怎么可能买得起牛排？"

"没其他招待客人的东西了吗？"

"没有了。"

"哦，天啊，天啊。只能祈求上帝保佑糊弄过关了。毕竟我就一直被蒙在鼓里。"

"因为你根本没吃过好东西。"

吉诃德神父拿了半瓶马拉加葡萄酒，心神不宁地回到主教身边。主教喝下一杯后，要求神父再续杯，这让神父欢喜不已，说不定酒精能起到麻痹味蕾的功效。主教整个人陷在摇椅里，这是吉诃德神父仅有的一把椅子，神父心虚地打量着主教大人。他看着慈眉善目，脸蛋光滑圆润，说不定从不用剃须刀。吉诃德神父突然心生悔意，早上在空无一人的教堂做弥撒之后，真该刮刮脸。

"主教大人，您这是在度假吗？"

"说度假有点言过其实，不过我挺享受罗马教廷的这次调职的。我会说西班牙语，所以教皇交给我一个小小的机密任务。神父，在埃尔托沃索你肯定见过很多外国游客吧。"

"并不多，主教大人，这儿游客很少，我们这儿除了博物馆没什么吸引人的地方。"

"博物馆有何稀奇之处吗？"

"主教大人，那不过是个小博物馆，就一间房，大小跟我客厅差不多，除了签名没什么有趣的。"

"签名？请再给我来杯酒好吗？大太阳下坐在抛锚的车里，我都快脱水了。"

"抱歉，主教大人，你瞧，我太不会招待客人了。"

"我还是头回听说有签名博物馆。"

"几年前，埃尔托沃索的某位镇长给国家元首写信，请求收集带有名人签名的塞万提斯作品的译本。博物馆收藏颇丰。我认为佛朗哥将军的签名译本堪称镇馆之宝，另外还有墨索里尼、希特勒（那小小的签名好像苍蝇的排泄物）、丘吉尔、兴登堡元帅[1]和拉姆齐·麦克唐纳[2]的签名，此人好像是苏格兰首相。"

"是英国首相，神父。"

特丽莎端着"牛排"走进屋，主客双方分别落座，主教开始做餐前祈祷。

吉诃德神父倒好酒，惴惴不安地望向主教大人，瞧着他将第一片"牛排"送入口中。主教就着酒飞快地将"牛排"咽下肚去，似乎是要消除马肉的味道。

"主教大人，这酒其实挺普通，但当地人颇为自豪地称之为马

---

1 保罗·冯·兴登堡，德国陆军元帅，政治家。1925年起担任德国总统，1933年任命希特勒为总理，成为日后希特勒发动第二次世界大战的原因之一。

2 詹姆士·拉姆齐·麦克唐纳，英国政治家，曾两次出任英国首相。

拉加葡萄酒。"

"酒味道不错,"主教说道,"不过,这牛排……牛排,"主教瞧着盘中的马排,神父的心一下悬到了嗓子眼,他已经做好了谢罪的准备。"这牛排……"主教第三次欲言又止,似乎正搜肠刮肚,想找到一个恰当的诅咒语。特丽莎此时也躲在走廊里偷听。"我从没吃过这种牛排……如此柔嫩可口,我甚至愿冒着亵渎神灵之罪称赞一句,此物只应天上有。我要亲自向你尊敬的女管家表示感谢。"

"她就在这儿呢,主教大人。"

"敬爱的女士,我要和你握手。"主教伸出戴着戒指的手,掌心向下,不像握手,倒像在等对方亲吻他的手。特丽莎却一转身急匆匆跑回了厨房。"我说错话了吗?"主教困惑不解道。

"不,不,主教大人。她只是不习惯服侍主教而已。"

"这位女士虽容貌普通,却面带真诚。现如今,即便在意大利也常常会见到适合做妻子的女管家,这真让人感到尴尬。唉,不过也成就了很多美满的姻缘。"

特丽莎再次飞快地走进屋,放下奶酪,然后又飞快地跑了出去。

"来点我们的曼彻格奶酪吗,主教大人?"

"再给我来杯酒?"

或许受到融洽气氛的激励,吉诃德神父不知哪儿来的冲动,迫切想向对方请教一个问题,他可不敢用这种事骚扰自己的主教。罗马来的主教毕竟与神更亲近,主教对马排的赞不绝口更激发了他的勇气。神父用"罗西纳特"称呼自己的西雅特600汽车绝不是毫无理由的,他觉得用马代指车,主教更容易给出他想要的答案。

"主教大人，"神父问道，"有个问题我一直搞不懂，相比城里人，我们乡下人对这个问题尤其感到困惑。"神父面色犹豫，仿佛即将跳入冰水的冬泳者，"您觉得为马祈祷是对神的不敬吗？"

"当然不是，"主教斩钉截铁地答道，"为世间生灵祈祷再恰当不过了。教皇曾教导我们，上帝创造牲畜为人所用，所以他乐于保佑马和我的奔驰车长寿，不过很可惜，我的奔驰车抛弃了我。但我必须承认一点，历史上还没有无生命的东西显露神迹的先例，但就牲畜来说，巴兰的驴显神迹一事可以作为借鉴[1]。"

"比起马对主人的用处，我更想为马的快乐祈祷，甚至……"

"没理由不为马的快乐祈祷，那样它会更温顺，更听马主人的话，但我不明白你所谓的'让马死得其所'这一说法。拿人来说，死得其所指死后和上帝通灵，获得永生。我们可以为马在尘世中祈祷，但无法让其获得永生，否则岂不入了魔道。诚然，宗教历史上曾有过一次运动，试图承认狗可能具备所谓的初灵，但我个人认为，这是感情作祟，是极端危险的想法。岂可仅凭臆测就为此类行为洞开大门。如果说狗有灵魂，那犀牛或袋鼠呢？"

"或者说蚊子呢？"

"没错，神父，我觉得你站在了真理一方。"

"主教大人，还有一件事我也感到不解，上帝创造蚊子怎么是对人好呢？"

"这不显而易见吗，神父。蚊子代表了上帝的惩罚。上帝假借

1　《圣经》中，巴兰的驴可以开口讲话。

蚊子来教导我们，爱上帝就要忍受苦痛。那令人讨厌的嗡嗡声就是上帝对我们的谆谆教导。"

像很多单身男人一样，吉诃德神父也有个不幸的坏习惯——藏不住心里话，一不注意心里话就溜出了嘴："那跳蚤岂不也一样？"主教打量着神父，见对方的目光中并无打趣意味，完全沉浸在自己的思想世界中。

"这都是未解之谜，"主教说道，"如果没有这些令人费解的问题，何以体现我们的信仰呢？"

"我不记得我把托梅略索市某人三年前送我的法国白兰地放哪儿了，"吉诃德神父道，"我们现在应该打开这瓶酒。恕我失陪，主教大人……特丽莎也许知道酒在哪儿。"说完他起身直奔厨房而去。

"作为一个主教，他喝得可真不少。"特丽莎说道。

"嘘，小声点。可怜的主教大人正担心他的车呢。他觉得车辜负了他的信任。"

"我倒觉得没准是他自己的错。我小时候在非洲生活过，黑人和主教总忘记给车加油。"

"你真觉得是车没油的问题吗？……不过，主教确实有点不食人间烟火，竟然说蚊子的嗡嗡声……把法国白兰地给我。趁主教喝酒的工夫，我瞧瞧能不能把车修好。"

吉诃德神父从"罗西纳特"的后备箱里拿出一罐汽油，尽管他觉得不会是没油那么简单，但试试总没坏处。结果，还真是车没油了。主教大人竟然不知道车没油了？也许他只是羞于向神父承认自己的愚蠢吧。想到这儿，神父有点替主教难过。这位意大利主教和自己的主教相比，简直天差地别，前者随和可亲，喝年头不久的新红酒也毫不抱怨，还对马排不吝赞美之词。吉诃德神父可不想让主教大人难堪，但如何才能不让主教丢脸呢？神父靠在奔驰车的前机盖上斟酌了许久。假如主教大人没注意油表，那很容易假装成是他不懂的机械问题。无论如何，他都得先加点油再说……

主教对来自托梅略索的法国白兰地颇为满意。不经意间，他在几本课本中发现了塞万提斯的《堂吉诃德》，这是吉诃德神父小时候买的。意大利主教一边读，一边面露微笑，若是换做吉诃德神父的主教，这情景简直是太阳打西边出来了。

"神父，你来得正好，我正在读的这段写得真是太好了。不管你的主教作何评价，我觉得这本书的作者塞万提斯必定是个品德高尚的作家。'无论在何种情况之下，忠诚的仆人都要对他的主人坦诚相告，既不夸大其词，亦无所保留。桑丘，我要让你知道，王子听到的会是赤裸裸的事实，绝无任何文过饰非之处，这将会是一个不同的时代。'我的奔驰车是怎么了？难道在英勇骑士的故乡，在这片危险之地，它被男巫施了魔法吗？"

"主教大人，您的车子可以上路了。"

"是上帝显了神通？还是修理工参加完葬礼回来了？"

"修理工还没回来，我瞧了瞧发动机，"神父双手一摊，"问题很麻烦。汽油不多了，不过油的问题好办，我总备着一罐汽油，但主要问题不在汽油。"

"哈，果然不只是汽油的问题。"主教欣然附和道。

"我修了修发动机，我不知道专业术语怎么说，不过着实费了番工夫，车现在已经修好了。主教大人，等到了马德里，你也许要找个专业人士再给瞧瞧。"

"这么说，我可以上路了？"

"除非你想中午打个盹。特丽莎可以把我的床准备好。"

"不，不，神父。你的美酒和上好的牛排，哈，那牛排的美味真让人精神抖擞。另外，我今晚还在马德里约了人共进晚餐，我可不想天黑才到。"

在向主路进发的路上，主教问吉诃德神父："神父，你在埃尔托沃索镇待了多久了？"

"主教大人，我打小就生活在这儿，只在进修神学时离开过一段时间。"

"你在哪儿学的神学？"

"在马德里。本想去萨拉曼卡，可惜不够资格。"

"你这样的人窝在埃尔托沃索简直是种浪费，你的主教显然……"

"我的主教，唉，他知道我才疏学浅。"

"他能修好我的汽车吗？"

"我指的是神学上的才能。"

"我们的教会同样需要具有实践能力的人。现今的世界瞬息万变，只有对尘间俗事了然于胸，才能更好满足教民的需求。你为不速之客备好美酒奶酪和美味的牛排，足以证明你可以跻身最上流的社会。劝人赎罪悔改是我们的工作，资产阶级中的有罪之人远比农民中的罪人更多。我希望你步你祖先堂吉诃德先生的后尘，去见识一下世界……"

"大家都说他是疯子，主教大人。"

"很多人也这样说圣依纳爵·罗耀拉[1]，但这条路我不得不走，我的车在那儿……"

"我的主教说，那是小说，是作家想象出来的……"

"说不定人类也并不存在，神父，我们可能只存在于上帝的想象之中。"

"您希望我和风车搏斗？"

"正因为和风车搏斗，堂吉诃德才在临死前发现了真理，"主教坐进驾驶室，用圣咏调吟诵道，"去年之巢焉得今日之鸟。"

"这听着很美，"吉诃德神父说道，"但到底是什么意思呢？"

"我自己也没完全搞明白，"主教答道，"不过听着优美就足够了。"随后，汽车引擎发出轻快的轰鸣声，主教大人开着奔驰车向马德里驶去。待主教大人远去，吉诃德神父才留意到空气中多了一股异香，这是新酿的红酒，法国白兰地和曼彻格奶酪混合而成的香气，不知情的人肯定会误认为这是异域焚香的味道。

转眼几周过去了，吉诃德神父的生活依然如往常一般风平浪静。唯一的区别是神父知道了自己偶尔打打牙祭的"牛排"竟然是马排。对此他一笑了之，好处是再不必因为奢侈而饱受良心谴责了。他时常会想起那位客人，想起那位意大利主教的仁慈谦虚和对酒的热爱。这位主教仿佛他在学拉丁文时读到的异类真神，偶现人

---

1 又称伊格那丢，西班牙人，罗马天主教耶稣会的创始人，也是圣人之一。

间来他家中短暂作客。现在，除了读读每日祈祷文和报纸，神父很少读东西了。其实，每日祈祷文也已不必去读，只是神父还没意识到这点。他特别关注有关宇航员的报道，因为他一直坚信，上帝的天堂一定就在遥远天际的某处。此外就是偶尔翻翻被翻烂的神学课本，确保周日教堂的布道不会与神的旨意背道而驰。

每个月，神父还会定期收到从马德里寄来的神学杂志。杂志里偶而刊登一些批评危险言论的文章——那些邪恶言论有时竟然出自某位红衣主教之口，具体是荷兰还是比利时的主教，神父已记不清了；是某位拥有日耳曼名字的神父说的也说不定，那位神父的名字让吉诃德神父想起了路德[1]。神父对这些批评文章并不在意，在他的教区，他无需费心向屠夫、面包师、修理工，甚至是餐馆老板——埃尔托沃索除镇长外最有学识的人——捍卫教会的权威。至于镇长，只要和教规有关的事都可以忽略他，因为主教认为他是一位无神论者和共产主义者。事实上，相比他的教民，吉诃德神父更喜欢与镇长在街头聊天，因为和镇长在一起，他就不会有那种当官的优越感。两人都对太空探索的进展颇感兴趣，双方在交谈时，圆滑地互不触碰对方的底线。比如，吉诃德神父绝不会和对方探讨人造卫星和天使相遇的可能性，而在苏联和美国谁在航天事业上更成功的问题上，镇长则采取了科学公正的态度。身为一名神职人员，吉诃德神父觉得两国的航天员并无区别，都是好人，可能也是尽责的父母和丈夫。这些人头戴头盔，身着航天服，那身装束说不定出

---

1 马丁·路德，德国宗教改革家，曾将《圣经》译为德文。

自同一供销商之手，但无论如何，神父都无法想象加百列或米迦勒[1]——当然更不会是撒旦——围着宇航员飞舞。如此，航天飞船若是没有直升上天，必然会大头冲下，旋转着直坠黄泉，跌入永不超生的地狱。

"这儿有你的信，"特丽莎将信将疑地对他说，"我哪儿都找不到你。"

"我刚在街上和镇长聊天。"

"那个异教徒。"

"要是没有异教徒，神父就失业了。"

特丽莎大声嚷道："是主教来的信。"

"哦，天哪，我的上帝。"神父拿着信呆坐了好久，踌躇着不敢打开。主教每次来信准没好事。比如，有一次他将本属于自己的复活节供奉捐给了某慈善组织，该组织有个冠冕堂皇的拉丁名字"囚犯关爱之家"，自称为监狱里可怜的囚犯提供精神援助。最后这帮人却被抓了起来，因为他们企图拯救监狱里大元帅的反对者，这本是神父私下之举，不知何故却被主教知道了。主教破口大骂神父为蠢货，"蠢货"可是基督禁用之词。镇长获知此事后，拍拍神父的后背，称赞他果然不辱伟大祖先的英名，行祖先解放苦囚之善举[2]。另外，还有上次……上上次的来信等等，若不是神父的马拉加葡萄酒被墨脱坡主教消灭了，他一定要来杯酒壮壮胆。

1　两人都是著名的天使。

2　在《堂吉诃德》中，堂吉诃德曾释放过囚犯。

神父叹了口气，破开红色封蜡，打开信封。果然不出所料，信的字里行间洋溢着主教的愤怒。"我收到一封从罗马寄来，令人匪夷所思的信，"主教如此写道，"一开始，我以为这封模仿教廷口吻的信是个恶作剧，是共产主义组织某人搞的鬼，你总说你有义务支持他们，可我一直觉得那帮人的动机晦涩难懂。在请求确认信件真伪之后，我今天突然收到了确认信，信中再次要求我通知你，教皇决定将你升为高级教士。教尊为何心血来潮，我没资格过问，但显然是某位墨脱坡主教做的好事。我从未听过此人，事先也没人和我商量，他就自作主张推荐了你。有一点我必须声明，换作我，是绝对做不出这种事的。谨遵上命，我特此通知你。我现在别无他法，只有祈祷你不要有辱教皇。教区牧师犯下的丑闻会因为他们的无知而得到宽恕，但吉诃德高级教士若是言行不慎铸成大错，影响可就恶劣得多了。请您好自为之，我亲爱的神父，我请求您务必要谨言慎行。我已致信罗马，禀明情况，让吉诃德教士屈尊守在埃尔托沃索这个弹丸之地简直太荒谬了，且会招致拉曼查地区众多有资格的神职人员的怨恨。所以我请求罗马为您提供一个大展拳脚的空间，比如将您调到其他教区，甚至可以考虑让您担任出使任务。"

神父合上信，任其掉落到地板上。"主教说了什么？"特丽莎问道。

"他要把我赶出埃尔托沃索镇。"吉诃德神父绝望地说。特丽莎不忍瞧见神父悲痛欲绝的双眼，赶紧躲进了厨房。

II

吉诃德教士是如何开始他的历险的

1

收到主教来信一周后，拉曼查省即召开本地选举，埃尔托沃索镇的镇长在选举中意外落败。"右翼力量，"镇长对吉诃德神父道，"又开始死灰复燃了，他们在物色新的独裁者。"镇长闪烁其词，仿佛早已从修理工、屠夫和二等餐馆店主身上洞察到了端倪。那家二等餐馆正在试图扩大生意，据镇长所说，有位神秘人士为其提供了资金，所以餐馆新添置了一台冰柜。但此事件是否严重影响了选举结果，吉诃德神父却并不确定。

"从今往后，我与埃尔托沃索镇恩断义绝。"前镇长如此说道。

"主教想把我赶走。"吉诃德神父坦白道，并向对方讲述了自己的悲惨故事。

"我早警告过你。这就是你信任教会的恶果。"

"这不怪教会，是主教的问题。我从来都不喜欢我的主教，愿上帝宽恕我。但你和我不同，非常抱歉，我亲爱的朋友桑丘。你的党辜负了你。"

镇长名为桑加斯，与塞万提斯那本"真实"小说里的人物桑丘·潘沙恰好同姓。虽然他的教名是安立奎[1]，但他允许他的朋友吉诃德神父用桑丘这个名字和他开玩笑。

"背叛我的不是我的党，是那三个人，"镇长再次念叨起修理工、屠夫和冰柜事件，"每个党都有叛徒，你的党也一样，吉诃德神父。比如，那个犹大……"

"比如，你们的斯大林。"

"你又来了。"

"犹大的事可太古老了。"

"那亚历山大六世[2]呢……"

"那就托洛茨基[3]。不过，你现在也许对他有了新的看法。"通常，两人的辩论毫无逻辑可言，可这次他们差一点吵起来。

"那你对犹大的看法呢？埃塞俄比亚正教会可将他奉为圣人。"

"桑丘啊，桑丘，我们的分歧太大了，根本无法辩论下去。去我家喝一杯马拉加葡萄酒吧……哦，我忘了，酒都被主教喝光了。"

"主教……你竟然让那个浑球……"

"是另外一位主教，一个好人，也是给我带来麻烦的人。"

"那还是去我家，喝杯纯正的伏特加。"

"伏特加？"

"波兰伏特加，神父。来自天主教国家的酒。"

1　按照英语民族的习俗，婴儿接受洗礼时，会由牧师或父母亲朋为其取名，称为教名。以后本人可以再取第二个名字，排在教名之后。

2　罗马教皇史上第 216 位教宗。他的统治期以谋杀、贪婪和淫乱闻名天下，是历史上最为声名狼藉的教皇之一。

3　俄国无产阶级革命家，二十世纪国际共产主义运动左翼领袖，十月革命的直接领导人。

这是吉诃德神父第一次喝伏特加。头一杯没品出什么味道，第二杯一下肚，他就飘飘然了。神父道："你会怀念你的镇长工作的，桑丘。"

"我打算休假。自从独裁者佛朗哥死了之后，我还从没离开过埃尔托沃索镇。要是有辆车就好了……"

吉诃德神父想到自己的"罗西纳特"，不禁走了神。

"莫斯科太远，"恍惚间，神父听到镇长继续道，"也太冷了。东德……我不想去，在西班牙已经见过太多德国人了。"

如果，吉诃德神父暗想，我被逐去罗马，"罗西纳特"肯定撑不到那么远。主教甚至还提议让我去传教。"罗西纳特"已经命不久矣，不能将它遗弃在非洲路边，任由他人为了变速箱或门把手把它大卸八块。

"离这儿最近的国家是圣马力诺，由我们党领导。你还要再喝一杯吗，神父？"

吉诃德神父毫不犹豫地递过杯子。

"你打算怎么办，神父，准备离开埃尔托沃索镇吗？"

"我听从调遣，派我去哪儿我就去哪儿。"

"做和这里一样的工作，为皈依的人布道？"

"我知道你在嘲笑我，桑丘。我怀疑没人全心全意信奉上帝。"

"难道教皇也不例外？"

"也许吧，可怜的人，教皇也不例外。谁知道他晚上在床上祈祷时心里到底在想什么呢？"

"那么你呢？"

"哦，我和教区里其他人一样愚昧无知。我不过是在学习时多读了几本书而已，但都忘记了……"

"你们有个共同点，就是都相信胡说八道。什么上帝、三位一体、圣母玛利亚神圣感孕[1]……"

"我**愿意**相信，而且希望别人也相信。"

"为什么？"

"我希望他们快乐。"

"那就让他们喝点伏特加。伏特加比那些东西更带劲。"

"伏特加的效力会消失，现在我就觉得酒劲没那么强了。"

"信仰也一样。"

一直若有所思，盯着酒杯里剩酒的吉诃德神父惊讶地抬起头。

"你是说你的信仰吗？"

"也包括你的信仰。"

"此话怎讲？"

"这就是生活的混蛋之处，神父。信仰和对女人的欲望一样，会消失的。我怀疑你也不例外。"

"再喝一杯不会出事吧？"

"伏特加对人绝对无害。"

"那天墨脱坡主教喝那么多酒真把我吓了一跳。"

"墨脱坡是哪儿？"

"In partibus infidelium[2]。"

1　据《新约》福音书记载，圣母婚前受圣灵感孕，婚后生耶稣，而生耶稣前她和约瑟从未同房。

2　拉丁文：在异教徒区。

"我那点儿拉丁语早忘光了。"

"我从不知道你还学过拉丁语。"

"父母希望我做神父。我甚至在萨拉曼卡学过神学。这事儿我从没对你说过，神父。In vodka veritas[1]。"

"所以你就是这样知道埃塞俄比亚正教会的？我真有点惊到了。"

"有些无用的知识好像船体上附着的藤壶，一辈子也忘不掉。另外，你看报道了吗？苏联宇航员已经打破了外太空生存时长记录。"

"我昨天从收音机里听到了。"

"这么久他们竟然没碰到一个天使。"

"你听说过宇宙黑洞吗，桑丘？"

"我知道你想说什么，神父。可黑洞不过是个比喻罢了。再来一杯吧。别怕什么主教。"

"你的伏特加让我心中充满了希望。"

"什么希望？"

"你可以称之为渺茫的希望。"

"说说吧，跟我说说。是什么希望？"

"我不能说。你会嘲笑我的。也许有一天我会告诉你，如果上帝给我机会，当然，如果上帝也给你机会的话。"

"神父，我们两人应该多见面。说不定我可以说服你，让你成为马克思主义者。"

1　拉丁文：真理在伏特加里。

"你的书架上有马克思的著作吗？"

"当然。"

"《资本论》？"

"是的。还有其他书。在这儿呢。我很久没碰过这本书了。说实话，我总觉得书里有些篇章……怎么说呢，不好理解……比如英国工业革命的那些数据。我猜《圣经》里有些内容也很无趣。"

"感谢上帝，我们不需要学习《民数记》[1]和《申命记》[2]，但《福音书》并不枯燥。天啊，瞧瞧几点了。难道伏特加让时间变快了吗？"

"你知道吗，神父，你让我想起了你的祖先。他对所有的骑士传说都坚信不疑，即使在那个时代，那种书也早过时了……"

"我连一本有关骑士的书都没读过。"

"但你一直在读有关神学的老书。它们就是你的骑士传说。和你祖先坚信骑士传说一样，你对它们也坚信不疑。"

"但教会的言论是永远不会过时的，桑丘。"

"哦，神父，没错。可你们的梵蒂冈第二届大公会议[3]却宣布圣约翰[4]过时了。"

1　《民数记》是《圣经·旧约》中的一卷，共36章。记载了神带领百姓行走于旷野道路及两次数点百姓的事迹。

2　《申命记》是《圣经·旧约》中的一卷，共34章。记载了以色列子孙的前景、他们在约旦河对岸会遭遇的困难和摩西向百姓提出的最后训示。

3　罗马天主教在现代召开的第一次大公会议，也是截至目前为止最后一次大公会议。它是整个基督教历史上规模最大、参加人数最多、发表文件最多和涉及内容最广泛的一次会议。

4　耶稣十二门徒之一。传统上认为，约翰是《圣经·新约》中的《约翰福音》、三封书信和《启示录》的执笔者，被认为是耶稣所爱的门徒。被天主教和东正教公认为圣人。

"你这是一派胡言。"

"弥撒末尾部分把圣约翰的话删掉了——'他在世界，世界也是借着他造的，世界却不认识他。[1]'"

"奇怪，你竟然知道这事。"

"哦，有时弥撒结束时，我会去瞧一眼——确保教堂里没我们的人。"

"我还是那句话，教会的言论永远不会过时。"

"可你的声音不再响亮了。你怕你的主教。你就像你的祖先一样，偷偷摸摸读那些骑士传说，只有他的侄女和医生知道，直到……"

"桑丘，你真是越说越离谱了。"

"直到他骑上他的'罗西纳特'，满世界行侠仗义时，他才知道所谓的传说都是假的。"

"和他一起冒险的是那个无知愚蠢，名叫桑丘的仆人。"吉诃德神父恼羞成怒，可话一出口，他就后悔了。

"和桑丘一起冒险，"镇长道，"为什么不呢？"

"主教应该会批准我休个短假的。"

"但你必须去马德里买制服。"

"制服？什么制服？"

"紫色袜子，教士大人，还有紫色的——你们管领子下面戴的东西叫什么来着？"

"圣带。那东西没什么用处。谁也别想逼我穿紫色袜子和紫

1　出自《约翰福音》第一章第十节。

色……"

"你可是教会大军的一员，神父。不该拒绝彰显等级的徽章。"

"我从没想过要成为高级教士。"

"当然，你可以选择退出组织。"

"你可以退党吗？"

两人又各自喝了杯伏特加，随后陷入了同志般的沉默，各自回想着自己的梦想。

"你觉得你的车能把我们送到莫斯科吗？"

"'罗西纳特'太老了，恐怕半路会抛锚。但无论如何，我的主教不会认同我去莫斯科度假的。"

"你再也不是他的仆人了，教士阁下。"

"但教皇……你知道吗，也许'罗西纳特'可以撑到罗马。"

"我一点也不喜欢罗马。大街上什么都没有，除了紫色袜子。"

"罗马可有个共产党市长，桑丘。"

"就像你讨厌新教徒一样，我不喜欢欧洲共产党。神父，你怎么了？看着好像有点恼火。"

"伏特加让我萌生了一个梦想，但这杯酒一下肚，梦想又溜走了。"

"别担心。你还没喝惯伏特加，现在酒劲上头了。"

"为什么，那么美好的梦想……却变成了绝望？"

"我明白你的感受。伏特加喝多了有时会这样。我送你回家吧，神父。"

两人在吉诃德神父家门口互相道别。

"回去躺一会儿。"

"特丽莎肯定感到奇怪，都这个点了，我还没读每日祈祷。"

"打破习惯不是件容易事。习惯让人心安，哪怕是相当乏味的习惯。"

"没错，我知道。有段时间我还翻阅过《共产党宣言》。"

"读着舒服吗？"

"有时——有一点，不过不强烈。但有一点。"

"哪天一定要借我看一看。"

"也许可以等我们在路上时看。"

"你依然觉得我们可以成行？你和我，我很怀疑我们能否成为合适的旅伴。我们之间有一条难以逾越的鸿沟，桑丘。"

"你我的祖先之间有难以逾越的鸿沟，神父，但……"

"是的，但是……"吉诃德神父扭头快步走进屋。他径直进了书房，拿起书架上的每日祈祷，没读几句就呼呼大睡，进入了梦乡。醒来后只记得，自己一直在爬一棵高高的大树，打翻了一个鸟巢。鸟巢又干又脆，里面空空如也，像是过去一年的时光留下的遗迹。

2

吉诃德神父鼓起巨大勇气，给主教写了封信，很快他就收到了回信，拆开信则需要比写信更大的勇气。令他感到突兀的是，信头的称呼竟然写着"高级教士"——读着这几个字，神父觉得仿佛有硫酸滴在自己的舌头上。"埃尔托沃索镇，"主教写道，"是我管辖范围之下最小的教区，想不到竟令你不堪重负。既然如此，我决定批准你调职之前休假的请求，并派年轻的埃雷拉神父接替你的工作。我相信，你完全可以等埃雷拉神父彻底了解教区可能存在的所有问题，能够承担照顾教区子民的责任之后，再开始你的休假。埃尔托沃索镇镇长最近的选举失利是个预兆，时局终于又要重新回到正途了。也许与一位较年长的神父相比，一名年轻神父，如机灵谨慎的埃雷拉神父（他拥有萨拉曼卡道德神学的博士学位，备受美誉），更适合当前形势的需要。正如你所料，我已经写信和大主教商讨过你的去向。我有些担心，等休假回来，以你的年纪和级别，能否为你找到一个轻松一点，比埃尔托沃索镇更适合你的地方。"

吉诃德神父早料到主教不会有好话，但没想到会这么糟糕。在等埃雷拉神父来的这段时间，神父的心里越发焦躁不安。他吩咐特丽莎，待埃雷拉神父一到，就把自己的房间让给他，然后给他找张行军床放在客厅，如果能找到的话。"如果找不到，"神父道，"我就睡扶手椅，挺舒服的。我下午经常在椅子上睡着。"

"他比你年轻，让他睡椅子。"

"他只是暂时的客人，特丽莎。"

"暂时的，什么意思？"

"我觉得主教想让他取代我。我老了，特丽莎。"

"如果你真有你说的那么老，就别想着出去——天知道你要去哪儿休假。不管怎样，别指望我伺候其他神父。"

"给他一次机会，特丽莎，给他个机会。但千万要保密，别把你那可口'牛排'的秘密说出去。"

三天后，埃雷拉神父到了。出门和前镇长聊天的神父回到家，发现年轻神父正提着黑色手提包站在门前。特丽莎手里拿着厨房的抹布，挡在年轻神父身前。埃雷拉神父看上去情绪激动，或许是肤色天生白皙的缘故，他看起来面色苍白，脖子上的硬白领在阳光的照耀下闪闪发光。"你是吉诃德高级教士吗？"对方问道，"我是埃雷拉神父，这女人拦着不让我进去。"

　　"特丽莎，特丽莎，这真是太不友善了。为何如此失礼？这是我们的客人。去给埃雷拉神父拿杯咖啡来。"

　　"不用，请不必麻烦了。我从不喝咖啡。喝了晚上睡不着。"

　　一进客厅，埃雷拉神父就一屁股坐在唯一的扶手椅上，没有丝毫谦让。"那女人真凶，"埃雷拉神父道，"我说了我是主教派来的，结果她对我说了些很粗俗的话。"

　　"她和我们一样，有自己的脾气。"

　　"主教大人肯定会对此不高兴的。"

　　"噢，他不是没听到吗？我们也不会告诉他，是不是？"

　　"教士阁下，我真被吓到了。"

　　"我希望你不要称呼我教士阁下。如果愿意的话，请叫我神父吧。我这把年纪足以做你的父亲了。你之前从事过教区的工作吗？"

　　"没直接做过。自从离开萨拉曼卡后，我一直担任主教的秘书，有三年了。"

　　"刚开始你可能会觉得困难。埃尔托沃索镇有很多像特丽莎这样的人。但我相信，你很快就会适应的。你获得的博士学位是……

让我想想。"

"道德神学。"

"哈，我一直觉得那是门相当难的课程。我只勉强及格而已——即便是在马德里。"

"我瞧见你书架上有黑里贝特·约恩神父的书。那些德国人对道德神学颇有研究。"

"我已经很多年没翻过那本书了。你应该想象得到，在教区工作中，道德神学并不特别重要。"

"我倒是觉得它至关重要。比如，在忏悔室里。"

"当面包师来找我——或者修理工，尽管这事不常有——他们的问题通常很简单。我相信凭本能就可以处理。我没时间为此求助约恩神父。"

"本能必有一个合理的基础，教士阁下。哦抱歉，神父。"

"哦，是的，当然。但我和我的先人一样，更相信约恩神父出生之前的那些书。"

"你先人的时代只有骑士传奇这类书，不是吗？"

"可能我的书和他们的一样，也是关于骑士的。圣十字若望[1]、圣女大德兰[2]、圣方济各·沙雷氏[3]，还有福音书：'让我们去耶路撒冷，与神一起赴死。'堂吉诃德可没法把这句话说得像圣托马斯[4]这

1　圣女大德兰的同时代人，加尔默罗会的改革者，天主教教会圣师之一。

2　也称为亚维拉的德兰，西班牙神秘学家、灵修学家、天主教圣人，与圣十字若望同为加尔默罗会的改革者。

3　日内瓦主教，天主教圣人之一。

4　圣托马斯·阿奎那，中世纪经院哲学家和神学家，也被称为天使博士（天使圣师）或全能博士，被天主教教会认为是历史上最伟大的神学家。

么好。"

"哦，当然，人类相信福音，这是理所当然的。"埃雷拉神父说这话的语气，就好像他在无关紧要的问题上让了对手一步。"约恩神父对道德神学的看法确实非常在理，非常在理。神父，你怎么看？"

"哦，我没什么看法。只觉得都是些我用不到的老生常谈。我要补充一点，上帝的爱可以是另外一个合理的基础。"

"当然，当然。但千万别忘了，还有上帝的公正。你同意我的说法吧，神父？"

"是的，哦，没错。我想是的。"

"约恩神父对爱和公正做了明确区分。"

"你学过秘书吗，埃雷拉神父？我是说离开萨拉曼卡之后。"

"当然。我会打字，而且毫不夸口地说，我对速记非常在行。"

这时，特丽莎从门口探头问道："神父，午餐吃牛排吗？"

"两份，谢谢，特丽莎。"

埃雷拉神父闻声转过头，领子在阳光下闪闪发光：难道这是在预示着什么吗？如此干净洁白的领子，吉诃德神父前所未见，他甚至都没见过如此干净的人。那光滑白皙的皮肤简直让人觉得剃刀是多余之物。看来我在埃尔托沃索镇生活得太久了，吉诃德神父心中暗道，我就是一个粗俗的乡下人。相比萨拉曼卡，我一直生活在穷乡僻壤。

3

　　启程的日子终于到了。虽然很不情愿，修理工还是判定"罗西纳特"可以上路了。"我可不敢做任何保证，"修理工说道，"五年前你就该把它交给我了。它还是老样子，最多能带你到马德里。"

　　"希望还能返回来，"吉诃德神父说道。

　　"那就不好说了。"

　　镇长早等不及上路了。他可没心情目睹继位者走马上任。"一个黑暗的法西斯，神父。我们很快会重返佛朗哥时代的。"

　　"愿他的灵魂得以安息。"神父习惯性地脱口而出。

　　"他根本没灵魂，如果真有灵魂这么一码事的话。"

　　"罗西纳特"的后备箱里装满了两人的行李，车后座则被四箱纯马拉加葡萄酒占领了。"马德里的酒让人不敢恭维，"镇长说道，"多亏我，这儿至少还有个卖纯正货的合作社。"

　　"我们为什么要去马德里？"吉诃德神父不解地问道，"我学生时代特别讨厌马德里，从没回去过。为什么不去昆卡省呢，据说那个镇子特别漂亮，而且离埃尔托沃索镇近好多。我不想累着我的'罗西纳特'。"

　　"我怀疑在昆卡根本买不到紫袜子。"

　　"紫袜子！我不买紫袜子。桑丘，我不能把钱浪费在袜子上。"

　　"你的祖先可对游侠骑士的身份尊重有加，虽然他不得不用理发师的脸盆充当头盔[1]。你是个游侠教士，必须穿紫色袜子。"

"大家都说我的祖先是疯子。他们也会这么说我，再把身败名裂的我送回来。事实上，我肯定有点疯了，先因为高级教士的身份被冷嘲热讽，又将埃尔托沃索镇交给了年轻神父。"

"面包师对那个神父评价不高，而且我亲眼目睹他和餐馆那个反动派在一起，鬼鬼祟祟地密谈。"

吉诃德神父坚持亲自开车。"'罗西纳特'有小脾气，只有我了解它。"

"你走错路了。"

"我必须回住所一趟。我忘了点东西。"

吉诃德神父留镇长在车上等候。他知道年轻的神父此刻正在教堂。出发之前，他想一个人在这所住了三十多年的房子里静静待一会儿。另外，他还忘了拿黑里贝特·约恩神父的《道德神学》。他已经把圣十字若望、圣女大德兰、圣方济各·沙雷氏的书都放进后备箱里了。虽然有些不情愿，但他依然答应埃雷拉神父，除了常读的老书，再带几本现代神学书，虽然离开学校之后他就没再翻过这些书。埃雷拉神父说得有道理："本能必有一个信仰上的合理解释。"假如镇长用马克思理论和他辩论，黑里贝特·约恩神父的话说不定能派上用场。反正，那只是一本小书，可以轻松放在兜里。他在扶手椅上静坐了片刻。这么多年过去，他的身体早已习惯了椅子的曲线，正如他的祖先必定已经习惯了马鞍的弧度。他听见特丽

1　在《堂吉诃德》中，堂吉诃德将理发师的脸盆当作骑士的头盔。

莎在厨房里一边舞锅弄盆，一边气鼓鼓地嘟嘟囔囔，这一直是他早起独处时的背景音乐。我甚至会怀念她的坏脾气的，神父心中暗想。这时，等在屋外的镇长不耐烦地按起了喇叭。

"不好意思，让你久等了。"吉诃德神父表达了歉意，然后挂上档，"罗西纳特"开始低沉的呻吟。

一路上两人几乎无话，这次旅行如此奇怪，两人心头仿佛都压着一块大石头。终于，镇长大声说出了他的想法："我们两人一定有共同之处，神父，要不然你怎么会跟我同行呢？"

"我猜——是友谊？"

"仅仅是友谊？"

"我们会搞明白的。"

又一个多小时的沉默之后，镇长再次开口问道："朋友，为什么你看上去如此不安？"

"我们刚过了拉曼查省，再往远走就不安全了。"

"你的信仰也无法保证安全吗？"

对于这个问题，吉诃德神父根本懒得回答。

III

三位一体论是如何被巧妙诠释的

埃尔托沃索镇距马德里并不远,可"罗西纳特"步履蹒跚,再加上路上排成长队的货车,到了傍晚时分,吉诃德神父和镇长依然还在路上。

"我现在又饿又渴。"镇长抱怨道。

"'罗西纳特'太累了。"吉诃德神父回应道。

"要是遇到个小旅馆就好了,不过这条主路上没什么好酒。"

"我们带了很多不错的马拉加葡萄酒。"

"可是没食物。我们必须吃点东西。"

"特丽莎执意在车后座放了个包袱,说是应急之用。她和修理工一样,信不过可怜的'罗西纳特'。"

"**现在**正是紧急情况。"镇长说道。

吉诃德神父打开包袱。"感谢上帝,"他欣慰道,"包里有一大块马拉加奶酪,一些烟熏香肠,甚至还有两个玻璃杯和两把刀。"

"我不知该如何感谢上帝,但我必须感谢特丽莎。"

"哦,这也许是一回事,桑丘。所有的善举都是上帝的旨意,正如所有恶行都出自魔鬼之手一样。"

"如此说来,你要宽恕我们可怜的斯大林,"镇长说道,"因为要怪，也要怪魔鬼。"

两人驾车缓缓而行，想找一棵能为两人遮阴的树。夕阳正在西沉，拉长变细的树影已经容不下两个人。最终，他们找到了一个理想地点——一所废弃农场外屋的破墙。坍塌的墙上画着红色的锤子和镰刀。

"我更希望吃饭的地方，"吉诃德神父说道，"画着十字架。"

"这有什么关系？不管十字架还是锤子，都不会影响奶酪的味道。另外，这两者有区别吗？它们都反对不公平。"

"可结果略有不同。一个带来了独裁，另外一个则带来了仁慈。"

"独裁？仁慈？那宗教裁判所和我们伟大的爱国者托尔克马达[1]呢？"

"死在托尔克马达手里的人比斯大林的少。"

"瞧瞧斯大林时代苏联和托尔克马达时期西班牙的受害者占总人口的比例——你确定你说得对吗？"

"我不是统计学家，桑丘。打开酒——如果你有开瓶器的话。"

"那东西我从不离身。神父，你有刀，给我切片香肠。"

"至少托尔克马达认为，受害者因为他获得了永恒的快乐。"

"斯大林也一样。神父，我们最好别探讨动机。人脑袋里到底怎么想的谁也搞不清。这酒冰一下味道更佳。要是能有条小溪就好了。明天我们必须买个保温瓶，还有你的紫袜子。"

1　西班牙第一位宗教裁判所大法官，被认为是"中世纪最残暴的教会屠夫"，在1483年至1498年间他共判决烧死了10,220名"异端"。

"如果仅凭行为评价一个人，桑丘，那就必须看其造成的后果。"

"只死了几百万人，共产主义就几乎占领了半个世界。这只是小小的代价，比任何一场战争死的人还少。"

"只死了几百人，西班牙依然还是天主教国家。这个代价更小。"

"所以托尔克马达之后是佛朗哥。"

"斯大林之后就是勃列日涅夫。"

"好吧，神父，至少有一点我们可以达成一致：大人物的后继者往往是小人物，也许小人物更好相处。"

"我很高兴，你承认托尔克马达的伟大了。"

两人放声大笑，坐在破墙下喝着酒。太阳继续西沉，影子越拉越长。两人渐渐被夜色吞噬，可谁也没察觉，因为他们依然感到身上发热，但那主要是因为肚中的酒。

"神父，你真的心怀希望，认为某天天主教可以令人们从此快乐吗？"

"哦，是的，当然，我**心怀希望**。"

"但只能是在死后。"

"你相信共产主义——我是说，你们的先知马克思所说的真正的共产主义——会来临吗，甚至是在俄罗斯？"

"是的，神父，我相信，我真的相信。但说实话，我也有感到绝望的时候。我之所以跟你说实话，是因为你是神父，会替我守口如瓶，我一喝酒就会口无遮拦。"

"哦，绝望，我明白。我也品尝过绝望的滋味，桑丘。当然，并不是彻底的绝望。"

"我也没彻底绝望，神父。否则此刻就不会坐在你身边了。"

"那你会在哪儿？"

"我会像其他人一样自我了断，然后被葬在不洁之地[1]。"

"让我们为希望干杯。"吉诃德神父边说边举起酒杯。两人继续喝着酒。

很奇怪，当两人没有心怀怨恨地争论时，一瓶酒很快就见底了。镇长将酒杯里最后几滴酒倒在地上。"敬诸神，"他说道，"注意，我说的是诸神，而非上帝。诸神是饮酒的，而你那位孤家寡人的上帝，我确定他是禁酒主义者。"

"桑丘，你在萨拉曼卡学过神学，清楚自己说的是错话。你很明白，至少我相信，你或许曾经也相信，上帝在每天早晨和晚上的弥撒时化为酒[2]。"

"那让我们再多喝些你的上帝允许的酒。至少，这马拉加葡萄酒好过圣酒。我的开瓶器放哪儿了？"

"你正坐着它呢。别讥讽圣酒。我不知道埃雷拉神父买的什么酒，但我用的可是极好的马拉加葡萄酒。当然，如果教皇允许领两种圣餐[3]的话，我只好买便宜酒了，我相信他会体谅一位神父囊中羞涩的苦衷的。镇子里那个面包师对酒垂涎欲滴。他可以将一整杯

1　天主教认为自杀是犯大罪，面临的将是永罚和地狱。教会法律曾经规定自杀者不允许葬在教会墓地，并不得为之公开举行葬礼弥撒。

2　弥撒源于《圣经》中的最后晚餐：耶稣在受难前夕的晚餐中，分别拿起麦面饼和葡萄酒，感谢祝福，把饼和酒变成自己的圣体和圣血，交给门徒们吃这体、喝这血，并令门徒们也这样做来纪念他。

3　领受圣餐指接受神父赐予的圣饼和圣酒，即无酵饼和葡萄酒。

圣酒喝得一滴不剩。"

"让我们再举杯，神父。为再次心怀希望干杯。"

"为希望干杯，桑丘。"两人碰了杯。

夜渐渐由凉转冷，可酒依然让人感到身上发暖。吉诃德神父并不急着上路闻货车排出的尾气，急匆匆赶往他讨厌的那座城市。成队的货车开着大灯不断从路上开过。

"神父，你的杯子空了。"

"多谢，再来点。你是个好人，桑丘。我记得，我们的两位先人好像曾不止一个晚上躺在树下。这儿没有树，但有一座城堡的围墙。明天早上，我们就进城堡去，但现在……请再给我一些奶酪。"

"我很高兴躺在伟大的锤子和镰刀之下。"

"你不觉得镰刀很可怜吗？根本得不到俄罗斯人的重视，否则他们就不需要从美国购买那么多小麦了。"

"暂时性缺乏而已，神父。我们还无法控制天气的变化。"

"但上帝可以。"

"你真相信这事吗？"

"是的。"

"哈，你陷得太深了，神父，你中了极其危险的毒——就像你祖先堂吉诃德对骑士书入迷那么危险。"

"什么毒？"

"鸦片。"

"哦，我明白了……你们的先知马克思曾说过——'宗教是人民的鸦片。'但这是断章取义，桑丘，就像异教徒曲解上帝之言的真正含义一样。"

"教士，我不明白你这话什么意思。"

"在马德里学习时，教会鼓励我们读一读**你们的**圣书，知己知彼。你难道忘了马克思是如何为英国修道士辩护，谴责亨利八世的吗？"

"我真不记得了。"

"你应该再读读《资本论》。书里根本没提鸦片这个词。"

"那有什么关系，他讲过这话——虽然猛然间我记不起出处了。"

"没错，他确实说过这话，但是在十九世纪，桑丘。那时候，鸦片不是万恶不赦的毒品，鸦片是安定剂，是富人的安定剂，仅此而已，穷人根本买不起鸦片。宗教是穷人的安定剂——这才是马克思原话的本意。宗教的效果好于住豪华大酒店，甚至好于喝这瓶酒。人类的生活不能缺少安定剂。"

"那么我们最好再来一瓶？"

"要想安全抵达马德里，喝半瓶就好。过量的鸦片也很危险。"

"我们会让你成为马克思主义者的，教士。"

"为了填满箱子，我在箱子角落里塞了几瓶只有半瓶的酒。"

镇长走到车边，回来时拿着半瓶酒。

"马克思是好人，这点我从不否认，"吉诃德神父说道，"他想帮助穷人，这个初衷最终会拯救他的。"

"把你的杯子给我，教士。"

"我说过，不要称呼我教士。"

"那你干脆叫我同志吧，相比桑丘，我更喜欢同志这个称呼。"

"我更愿意称你为朋友。"

"天主教神父和马克思主义者互称朋友，这会不会太过亲密了？"

"几小时前你说过，我们之间肯定有某些共同之处。"

"也许我们的共同之处就是这瓶马拉加葡萄酒，朋友。"

夜色渐深，两人相谈甚欢，互相拿对方开着玩笑。货车经过时，有一瞬间，大灯远远射在两个空酒瓶和剩下的半瓶酒上。

"朋友，有一点我不明白，你怎么会相信一个很多理论自相矛盾的信仰？比如三位一体，想搞清楚这个理论，比学高等数学还难。你能跟我解释下三位一体吗？萨拉曼卡那帮人从没给我讲清楚过。"

"我可以试试。"

"那好，你试试吧。"

"你看见这些酒瓶了吗？"

"当然。"

"这两个酒瓶大小和所装的东西是一模一样的，而且产于同一时间。它们就好比圣父和圣子，而那半瓶酒就是圣灵。装的东西一样，生产日期也相同。它们不可分开。有其一就必有其三。"

"在萨拉曼卡，我从没搞懂圣灵，总觉得它有些多余。"

"这两瓶酒无法让我们满足，是不是？那半瓶酒则满足了我们剩下的需求。没有它，我们绝不会像现在这么快乐，说不定会丧失继续走下去的勇气。若不是圣灵，我们也可能不会再是朋友了。"

"朋友，你真是个天才。至少**你**所说的三位一体我完全明白了。不过要小心，别信那一套。那绝对行不通。"

吉诃德神父一言不发，盯着那些瓶子发呆。镇长划燃火柴点烟，瞧见他的朋友低着头，一副被其所颂扬的圣灵抛弃了的样子。"你怎么了，神父？"镇长纳闷道。

"愿主宽恕我，"吉诃德神父答道，"我刚犯了罪过。"

"你刚才在开玩笑，神父，上帝肯定明白那只是个笑话。"

"我因为异端邪说而有罪，"吉诃德神父说道，"也许我不配做神父。"

"此话怎讲？"

"我刚做了错误的解释。圣灵和圣父圣子是平等的，我却将它比作半瓶酒。"

"这是很严重的错误吗，神父？"

"简直罪大恶极。某次大会上曾公开批评过这种思想，但我忘了是哪次会议了。非常早的会议。可能是尼西亚会议[1]。"

"别担心，神父。要纠正这个错误很容易。我们把这半瓶酒扔了，忘了它，我去车里再拿一整瓶酒。"

"我已经喝多了。要不是喝过头，我绝对、绝对不会犯这种错误。再没有比贬低圣灵更深重的罪孽了。"

"忘了它吧，我们现在就纠正错误。"

于是，两人又喝掉了一整瓶酒。吉诃德神父抚平了心中的罪恶，并对同伴的善解人意心怀感激。虽然马拉加葡萄酒并非烈酒，可两人都认为，今晚躺在身下的草地上睡一觉是个不错的主意。待

---

1 基督教会史上在小亚细亚北部尼西亚城召开过两次世界性的主教会议，分别被称为第一次和第二次公会议，对基督教的发展影响深远。

到太阳升起，吉诃德神父回想起昨晚的悲伤，脸上不禁泛起了微笑。毕竟，一点点健忘和粗心大意是可以被宽恕的。要怪就怪马拉加葡萄酒——这酒的酒劲竟然比想象中大多了。

两人正要动身，吉诃德神父说道："我昨晚有点失态了，桑丘。"

"我觉得你讲得挺有道理的。"

"我多少让你理解三位一体了？"

"理解，是的。相信，绝不。"

"请忘了那半瓶酒吧！我真不该犯那种错误。"

"朋友，我只记得三整瓶酒。"

IV

桑丘是如何灵光一现改编老寓言的

1

第二天路上，两人很久也没说话，这也许要归功于那三瓶半葡萄酒，虽然酒性并不烈。终于，桑丘开口道："吃顿丰盛的午餐也许会让我们感觉好一些。"

"哈，可怜的特丽莎，"吉诃德神父说道，"我衷心希望埃雷拉神父能喜欢她的牛排。"

"她做的牛排很好吃吗？"

吉诃德神父没答话。既然他没对墨脱坡主教说实话，那也不会将秘密告诉镇长。

前方笔直的道路渐渐变得蜿蜒曲折，不知何故，"罗西纳特"不但没减速，反而突然加速，差点撞上一头绵羊。绵羊的同伙完全占领了前方的道路，一眼望去仿佛翻着白浪的海洋。

"你可以再睡会儿，"镇长说道，"我们根本绕不过它们。"一只狗向羊群的队尾跑去，驱赶着落在后面的绵羊。"绵羊，这愚蠢的东西，"镇长愤恨道，"我一直搞不懂，为什么你的信仰的创立者要将我们比作绵羊。'给我的绵羊喂食。'哦，对了，也许他和其他好人一样，是个玩世不恭的人，'先把它们喂得肥肥胖胖的，然后就可以挨个被吃掉了。''主是我的牧羊人。'如果我们是绵羊，还信任哪门子牧羊人？没错，他保护了我们，不让我们落入狼口，可那只是为了之后将我们卖给屠夫。"

吉诃德神父从口袋里掏出每日祈祷，夸张地读起来，可惜读的偏偏是极度无趣、寡然无味的段落，根本起不到转移注意力、无视镇长的作用，镇长刚才那番话深深刺痛了他。

"他将我们比作绵羊，而不是山羊，"镇长继续道，"这是多么感情用事的糊涂选择。绵羊有的，山羊都有，而且山羊还有牛的很多好处。没错，绵羊为我们提供了羊毛，可山羊皮也可以为人类所用。绵羊可以吃，但我更喜欢小山羊的味道。而山羊却像牛一样，还为我们提供了羊奶和奶酪。只有法国人才会喜欢绵羊奶酪。"

吉诃德神父抬头观望，前方的道路终于通畅了。于是他收好祈祷书，启动"罗西纳特"继续上路。"没有信仰的人不要亵渎神灵。"这话似乎是讲给镇长听，但更像是自言自语。其实，神父也在暗中嘀咕：桑丘说得不无道理，为什么要将我们比作绵羊呢？智慧无边的他为什么偏偏选择绵羊作为象征物呢？关于此问题，在埃尔托沃索镇书架上古老的神学书里也找不到答案，甚至连博学的圣方济各·沙雷氏，这位十分熟悉大象、茶隼、蜘蛛、蜜蜂和松鸡的人，也没解释过。而且，神父非常确定，在自己小时候读过的、前古巴圣地亚哥大主教圣人安东尼·克拉雷特所著的《基督教教义问答》中也找不到答案，尽管他记得很清楚，该书有牧羊人和绵羊的插图。神父答非所问道："因为绵羊很讨孩子们喜欢。"

"可山羊，"镇长说道，"你难道忘了我们小时候的山羊车了吗？那些山羊都去哪儿了？葬身于无尽的炼狱之火中了吗？"镇长低头瞧瞧表，"买紫袜子之前，我们可以先在波丁餐厅享用一顿丰盛的午餐。"

　　"我希望那不是家豪华饭店，桑丘。"

　　"别担心，我请客。那儿乳猪特别有名，我们不用吃牧羊人的乖羊儿，虽然它们是我们国家人人喜爱的盘中餐。在佛朗哥时代，波丁餐厅是秘密警察常去的地方。"

　　"愿他的灵魂得以安息。"吉诃德神父飞快地接了一句。

　　"我倒希望他遭天谴，"镇长说道，"我肯定把他投入地狱最底层，我相信但丁也会这么做的。"

　　"我对人类的判决表示怀疑，即使那个人是但丁，"吉诃德神父道，"也不能代表上帝的判决。"

　　"难不成你还希望他上天堂？"

　　"我没这么说，桑丘。他确实做过许多伤天害理的事，这点我不否认。"

　　"哈，我差点忘了，你捏造了一个极为方便的借口——炼狱。"

　　"我没有捏造任何东西——地狱或炼狱不是捏造出来的。"

　　"抱歉，神父。我所说的'你'当然是指你的教会。"

　　"教会这么说肯定有文字上的确切根据，就像你们党相信马克思和列宁一样。"

　　"但你坚信你所读的都出自上帝之口。"

　　"扪心自问，桑丘，除了偶尔晚上失眠的时候，你难道不认为马克思和列宁是绝对正确的，就像——呃，像圣玛窦[1]和圣马可一样？"

"那你睡不着的时候呢，教士大人？"

"我有时会因为想到地狱而无法入睡。也许那时你正在思考斯大林和集中营。斯大林，或者说列宁，他们真能代表真理吗？说不定，当我心生疑问"为何慈悲仁爱的上帝会……"的时候，你也在问类似的问题。哦，我相信那些古书，但也有疑问。特丽莎曾在厨房和我聊过炉火的热度，当天晚上我重读了所有福音书。你知道吗，在我那本《圣经》的五十二页里，圣玛窦提到了十五次地狱，而圣约翰一次也没提过。圣马可在三十一页里提过地狱两次，而圣路加在五十二页里提过三次地狱。当然，圣玛窦是税吏[2]，那个可怜的人，他可能更相信惩罚的效力，不过这不禁让我心生怀疑……"

"你说得真是太对了。"

"我希望，我的朋友，有时你也要怀疑。人就该心存质疑。"

"但我尽量避免质疑。"镇长说道。

"哦，没错，我也是。在这点上，我们确实很像。"

那一刻，镇长将手搭在吉诃德神父的肩膀上，令神父感到一股电流般的爱意。神父紧张兮兮地驾驶着"罗西纳特"绕过一个弯，心中暗道：真奇怪，分享疑惑似乎比分享信仰更容易让人变得亲近。信仰者为了信仰上的丁点差异打得不可开交，而怀疑者的敌人只有自己。

"提起波丁餐厅的乳猪，"镇长说道，"我就会想起那个浪子回

1　又译马太，耶稣的十二使徒之一，四个传福音者之一。

2　税吏代罗马人征收捐税，是犹太人非常鄙视的一种职业。

头的美丽寓言 [1]。当然，两者有区别，寓言里，父亲宰的是小牛，没错，一头肥肥的小牛。真希望我们要吃的乳猪也有那么肥。"

"美丽的寓言。"神父语气中透着不满，他为镇长即将要说的话感到不安。

"没错，故事有个美丽的开始，"镇长继续道，"一个典型的资产阶级家庭，一位父亲，两个儿子。故事里的父亲是我们眼中财大气粗的俄罗斯富农，农民是他的仆人。"

"寓言里根本没有富农或仆人。"

"你读的可能是基督教会审查删减过的版本。"

"什么意思？"

"你看到的跟口传笔授的有所不同。由于遗传的奇妙变化，年轻人生就厌恶他所继承的财富。在上帝眼中，这个人也许就是约伯。《约伯记》[2] 作者所在的时代距离上帝更近，甚至比你和你祖先堂吉诃德相隔的时间还要近。你记得吧，约伯富甲一方，拥有七千头绵羊和三千头骆驼。儿子生活在资产阶级环境之中，他感到窒息——或许是因为家具的样式，墙上的挂画，也可能是因为安息日聚餐时坐着的肠肥肚满的富农们。这些与他所看到的穷人形成了鲜明对比，他为此感到无比哀伤。他决定逃离这种环境，不管逃到哪里。于是他按照遗产规定，从他和他兄弟所能继承的财产中拿走自

1　《圣经》中的故事，大意为：某人有两个儿子。小儿子要求父亲分了家产，然后卖掉他所分得的产业，带着钱，离家到了遥远的地方，在那里挥霍无度，过放荡的生活，最后沦为替人在农场看猪。在受尽苦难之后，他幡然悔悟，重新回到父亲身边，并得到仁爱父亲的宽恕。

2　《约伯记》是《圣经·旧约》的一卷书，共42章。记载了义人受苦、安慰神学、成功神学的错误、法庭与中保、神义论等。

己的那一份，从此离家出走。"

"接着花天酒地，将所有钱挥霍一空。"吉诃德神父插嘴道。

"哈，那是官方版本。我的版本是：因为极度厌恶从小到大所处的资产阶级环境，他以最快的方式处理掉了所有的钱——甚至将钱送给别人，像托尔斯泰一样变成了农民。"

"但他最终回家了。"

"没错，因为他失去了勇气。他在养猪农场里感到异常孤独。没有党支部可以寻求帮助。那时，《资本论》尚未问世，他并不知道自己在阶级斗争中处于什么位置。可怜的孩子，不知当时他心中是否曾有过片刻动摇？"

"片刻动摇？这你都知道？"

"你所知的故事的结局很突兀，不是吗？毫无疑问那是教会审查者搞的鬼，没准就是圣玛窦那个税吏干的。哦，没错，他回家时受到了热烈欢迎，家里为他宰了一头肥牛，头几天他也许会感到快乐。但曾逼他离家出走的资产阶级拜物主义气氛，再次压得他喘不过气来。他的父亲试图用父爱感化他，但那些路易十五时代或那个年代所流行的家具，依然保留着他离家出走时的原样，让他作呕，墙上依旧挂着描述美好生活的壁画。相比之下，仆人们的奴颜婢膝和铺张浪费的食物让他感到震惊，他开始怀念在那个一贫如洗的养猪农场里建立的友谊。"

"我记得你刚说过，那儿没有党支部，他很孤独。"

"没错，不过我刚才有点夸张了。他的确有个朋友，一位帮他给猪抬猪食，长着一脸大胡子的农民，那位农民对他说的话言犹在耳。

当他躺在舒适豪华的床上，仔细回味——当然不是回味猪食，而是回味那些话时——他感到身体中的每根骨头都在呐喊，渴望回到农场小屋的硬土床上。毕竟，三千头骆驼足以让敏感的人心生叛逆。"

"桑丘，你即使没喝多，想象力也够丰富的。那个老农民到底说了什么？"

"他对年轻人说，一个土地和生产资料私有，资本占支配地位的国家，无论其宣称有多民主，骨子里还是资本主义国家。他们发明机器，并用它们剥削工人阶级。"

"你的故事现在听起来像每日祈祷一样无趣了。"

"无趣？你觉得无趣？我刚引用的可是列宁的原话。你不觉得老农民（我觉得他应该留着马克思那样的大胡子）的话在浪子心中播下了阶级斗争的第一颗火种吗？"

"那个年轻人后来呢？"

"一周后，绝望的他在一个黎明（红色的黎明）中再次离家出走，回到了养猪农场，去找留着大胡子的老农民。他心意已决，决心投入到无产阶级革命的洪流之中。大胡子老农瞧见远方的年轻人，向他跑过去，伸出双臂抱住年轻人的脖子，亲吻着他。浪子说：'父亲，我是个罪人，我不配做你的儿子[1]。'"

"结局听着耳熟，"吉诃德神父说道，"幸好猪躲过一劫，没因为庆祝被宰。"

"提到猪，你开快点好吗？我觉得我们的速度还达不到每小时

1　此处作者采用了《圣经》原故事的说法，只是原文中的父亲换成了养猪农场的老农。

三十公里。”

“这是‘罗西纳特’感觉最舒服的速度。它已经上岁数了，不能让它累着。”

“所有车都超过我们了。”

“那又如何？它的祖先还达不到每小时三十公里的速度呢。”

“所以你的祖先从未出过巴塞罗那。”

“那有什么关系？虽然他几乎只在拉曼查省内行侠仗义，可思想却传遍千里。桑丘也是如此。”

“我不知道我的思想会如何，但肚子告诉我，我们在这条路上磨磨蹭蹭，好像都走了一周了。我都快想不起香肠和奶酪的味道了。”

下午刚过两点，他们的脚终于踏上了波丁餐厅的楼梯。桑丘点了两份烤乳猪和一瓶莫瑞塔侯爵红酒。“你竟然喜欢贵族的东西，这真让人吃惊。”吉诃德神父评价道。

“为了党的利益，偶尔破例也未尝不可，比如，当一名神父。”

“甚至可以做神父？”

“是的。某位不容置疑的权威，在这里我就不提他的名字了，”镇长快速瞥了眼四周，“他曾写道：在某些情况下，无神论的宣传不但没有必要，而且有害。”

“这真是列宁本人写的吗？”

“当然，是的，绝对没错，神父，在这里最好不要提此人的名字。万一出事呢。我告诉过你，在我们已故领袖的时代，那类人经常出入这里。虎豹从来不挪窝的。”

"那为什么还带我到这儿来？"

"因为这儿的烤乳猪是最棒的。不管怎样，你的罗马领能起到一定的保护作用。要更安全的话，就得配上紫袜子和紫……"

镇长的话被端上桌的烤乳猪打断了。有好一阵子，他只能通过打手势来对话。而他的手势绝不会被秘密警察误解，比如：举起叉子向莫瑞塔侯爵红酒致敬。

镇长心满意足地发出一声长叹，说道："你吃过比这更美味的烤乳猪吗？"

"我从没吃过烤乳猪。"吉诃德神父带着一丝愧疚答道。

"那你在家吃什么？"

"一般吃牛排——我跟你说过，特丽莎做牛排很有一手。"

"镇里的屠夫是反动派，那人很不老实。"

"但他的马排确实很棒。"一不留神，吉诃德神父说出了心中的秘密。

2

或许是酒赐予了吉诃德神父巨大的勇气，他竟然拒绝了镇长的提议。镇长希望晚上入住王宫酒店，并愿意自掏腰包承担两人的费用，但吉诃德神父一瞧见金碧辉煌、人来人往的酒店大厅，他就受不了了。"你是一个共产主义者，怎么能……"

"这儿显然是研究敌人的最佳场所。另外，我确信，与莫斯科红场新建的酒店相比，这家酒店根本不值一提。共产主义不反对享用舒适，甚至不反对你所谓的奢华，只要从长远看有利于工人的利益。但如果你想活遭罪，以彰显……"

"恰恰相反，我很想住得舒适，但这儿让我感觉很不舒服。舒适是一种心灵状态。"

两人驾车漫无目的地在街上行驶，驶离了繁华地区。突然，"罗西纳特"抛锚，一步也不肯向前走了。街道前方大约二十码处，立着一块旅舍的牌子和一扇脏兮兮的大门。"既然'罗西纳特'选了这里，"吉诃德神父说道，"那我们就住这儿。"

"可看上去脏兮兮的。"镇长说道。

"他们显然非常穷，所以我确定他们一定欢迎我们。他们需要我们，王宫酒店不需要。"

一位上岁数的妇人在狭窄的过道中迎接两人，她神色狐疑地打量着他们。尽管瞧不出店内还有其他人入住，可据老妇人所说，目前只剩一间房了，好在房里有两张床。

"房间里起码可以泡个澡吧？"

不行，房里没澡盆，老妇人说，但楼上有公共淋浴，房间里也有冷水和盆。"我们就住这儿了。"神父决定道。

"你疯了。"两人进了房间，等老妇人离开后，镇长对神父抱怨道。神父也觉得房间里确实过于昏暗了。"马德里沿途舒适便宜的宾馆不下几十家，你却偏偏选了这个让人无语的地方。"

"'罗西纳特'累了。"

"在这儿不被人割了喉咙，就算我们走运了。"

"得了吧，那位老妇人是个老实人，我看得出来。"

"你怎么看出来的？"

"看她的眼神。"

镇长闻言绝望地举起双手。

"我们刚喝过好酒，"神父继续道，"不管住哪儿，都能睡个好觉。"

"我可一点儿也睡不着。"

"她可是你们的人。"

"你到底在说什么？"

"穷人。"神父飞快地补了一句，"当然，他们也是我们的人。"

瞧见镇长和衣躺在床上（镇长担心光着身子更容易被人割了喉咙），吉诃德神父大大松了口气。他不习惯在别人面前脱衣服，入夜前必须得想办法避免这种尴尬。他躺在床上，听见一只猫正在外面的屋瓦上号叫。也许镇长会忘记买紫袜子的事，他暗暗琢磨着，沉浸在对之后旅行的幻想中——两人的友谊加深，互相深入理解，完全迥异的两种信仰甚至也能和谐共处。镇长那个版本的浪子回头故事也并非一无是处……美好的结局，回家受到的欢迎，肥嫩的小牛，只是听着有点荒唐……"我不配被称作您的教士。"神父进入梦乡时，嘴里嘟囔道。

神父是被镇长叫醒的。借助夕阳残存的一丝光亮，吉诃德神父瞧着镇长，好像眼前这位是陌生人。"你是谁？"神父并没有害怕，而是纳闷地问道。

"我是桑丘，"镇长答道，"我们该出去买东西了。"

"买东西？"

"你被晋升为骑士。我们必须给你配上佩剑、马刺和盔甲，哪怕只是理发师的脸盆呢。"

"理发师的脸盆[1]？"

"你刚才呼呼大睡，我可三个小时没闭眼，时刻提防有人割断我们的喉咙。今晚该轮到你值班，在你选的这个肮脏的小教堂里放哨了。擦亮你的剑吧，教士。"

"教士？"

"你真是睡糊涂了。"

"我做了一个梦，非常恐怖的梦。"

"梦见被割喉了？"

"不，不是。比那还恐怖。"

"来吧，起床了。该去给你找紫袜子了。"

吉诃德神父没反抗，乖乖起了床，脑中还在回味着那个令他感到精神恍惚的噩梦。两人下了楼，走上黑暗的大街。经过老妇人时，老妇人面露惊恐地窥视着他们。难道她也刚被噩梦惊醒？

"我讨厌她脸上的神情。"桑丘说道。

"我想她也讨厌我们脸上的神情。"

"我们必须打辆出租车。"镇长说道。

"先试试'罗西纳特'。"

只打了三次火，神父的"罗西纳特"就启动了。"瞧，"吉诃德

1　在《堂吉诃德》中，堂吉诃德找不到头盔，最后只好用理发师的脸盘作为代替。

神父说道，"她没什么大问题，就是累了，仅此而已。我了解我的'罗西纳特'。现在我们去哪儿？"

"我不知道。我还以为你知道。"

"知道什么？"

"哪儿有教会的裁缝店。"

"我怎么会知道？"

"你是神父，穿着神父的衣服，这衣服不是你在埃尔托沃索镇买的吗？"

"这衣服已经穿了快四十年了，桑丘。"

"如果你和你的袜子能像衣服这么长寿，在它们穿破之前，你就已经是百岁老人了。"

"我们干吗执着于买袜子？"

"西班牙境内的道路还是受到管控的，神父。你一直窝在埃尔托沃索镇，并不知道佛朗哥的幽灵还一直飘荡在西班牙的上空。你的袜子就是我们的保护神。国民卫队的人对紫袜子毕恭毕敬。"

"可去哪儿买呢？"神父停下"罗西纳特"，"我可不想害她白跑。"

"等一下，我去找辆出租车，让它给我们带路。"

"桑丘，我们一路上太挥霍了。你为什么想住王宫酒店？"

"我们现在要关心的不是钱。"

"埃尔托沃索镇是个小地方。想不到我们的镇长竟然能挣大钱。"

"埃尔托沃索镇是小地方，但我们党很伟大。另外，我们党现在合法了。"

"那怎么还需要我袜子的庇护？"

镇长走远了，没听见神父的问题，吉诃德神父独自一人坐在车里，又想起了那个恼人的噩梦。我们有时在光天化日之下也会做梦：可那到底是梦，还是现实——梦在某种程度上又是真实的，那究竟是梦还是奇怪的现实呢？

镇长回来，打开车门道："跟着那辆出租车。他向我保证，会带我们到罗马之外最好的教会服饰店。罗马教廷的大使和大主教都是那里的主顾。"

一到店前，吉诃德神父就知道镇长刚才所说的绝非夸张。待到神父进了门，瞧见店内精致的摆设，心不禁一沉。店员一身烫得笔挺的深色套服，用一种教会权威的矜持礼仪迎接他。神父认定此人必定是主业会[1]的一员，那帮聪明的天主教积极分子虽然让人挑不出毛病，却也让人不敢信任。神父觉得自己是乡下人，他们则是高贵的城里人。

"教士阁下，"镇长说道，"想买紫色的袜子。"

"当然有，教士阁下。请您跟我来。"

"我想知道，"镇长跟在店员身后小声嘀咕道，"需要提供身份证明文件吗？"

店员将各种紫色袜子摆在柜台上，好像举办弥撒之前布置祭坛

---

1 主业会，又称主业团或圣十字架及主业社团，天主教自治社团，其使命为鼓励社会各个层面的基督徒在世俗生活中的实践与信仰完全吻合，并将基督的福音传播至社会及全球的各个层面。

的助祭。"这些是尼龙的，"店员介绍道，"这些是真丝的，那些是纯棉的。当然，都是最好的海岛棉。"

"我平常穿羊毛的。"吉诃德神父说道。

"哦，当然，我们也有羊毛的，不过尼龙和真丝更好。关键在颜色——真丝或尼龙材质的紫色更显眼，羊毛的要差一些。"

"对我来说，关键是哪个更保暖。"吉诃德神父说道。

"我觉得这位先生说得对，教士阁下，"镇长急忙插嘴道，"我们需要一双远处看都很显眼的紫色袜子。"

店员满脸疑惑。"从很远？"店员不解道，"我不太明白您的……"

"我们需要纯正的紫色。正宗的教廷紫色。"

"我们的紫色谁也挑不出毛病，即使羊毛材质的也是纯正的紫色。"店员不满地解释道。

"考虑到我们的目的，"镇长冲着吉诃德神父使眼色，像是在警告他，"尼龙袜子最合适，看上去确实醒目……"镇长继续道，"另外，当然，我们还要买……教士戴的像围脖的东西，那东西叫什么来着？"

"我想您说的是圣带。要想搭配袜子，圣带必须也要尼龙的。"

"我可以接受尼龙袜子，"吉诃德神父说道，"但绝不戴紫色圣带。"

"万一遇到危险怎么办，教士阁下？"镇长争辩道。

店员一脸狐疑地打量着眼前的两个人，愈发怀疑这两人来路不正。

"我不认为有什么危险需要……"

"我和你解释过——现在这年头，路上可不安全……"

店员用胶带将袜子和圣带细心地包起来，与袜子和圣带一样，胶带也是纯正的教廷紫色。趁店员忙活的时候，显然并不喜欢他的镇长开始惹人烦地和他搭起话来。"我想，"镇长说道，"教会所需的一切——那些用来装饰的东西，你这儿差不多都有吧？"

"如果您是说法衣，是的，我们都有。"

"那帽子呢——那种四角帽和类似的东西呢？"

"也都有。"

"主教帽呢？当然，教士还没升到那个位置。我只是出于好奇……毕竟机会更青睐有准备的人……"

"主教的帽子向来都由教皇亲自颁发。"

"罗西纳特"又发起了小脾气，过了好一会儿引擎才启动。"恐怕我刚才太多嘴了，"镇长说道，"他们起了疑心。"

"怎么这么说？"

"那个店员跟着我们到门口。我想他记下了我们的车牌。"

"并非我心怀恶意，"吉诃德神父说道，"但那人看上去像是主业会的人。"

"也许这商店就是他们的。"

"我确定他们也像大元帅一样，以他们自己的方式，做了不少好事。"

"我宁愿相信有地狱，好把主业会的人和大元帅都送进去。"

"我愿意为他祈祷。"吉诃德神父抓紧方向盘，说道。

"如果真有地狱，只凭你的祈祷可不够。"

"如果真有地狱，任何人都只需要一位正义之士的祈祷就可以获得拯救。好比所多玛城和蛾摩拉城[1]。"吉诃德神父又说，但并不确定自己举的例子是否恰当。

当晚天气异常炎热。镇长提议去本丢·彼拉多[2]酒店晚餐，被吉诃德神父坚决拒绝了。"本丢·彼拉多本是罪人，却因为保持中立被世人奉为圣人，但是善与恶之间根本不存在中立。"

"他不是保持中立，"镇长反驳道，"他只是不想和任何一方结盟，选择倾向正确的一方而已，好比菲德尔·卡斯特罗[3]。"

"你所说的正确一方指什么？"

"罗马帝国。"

"你，一个共产主义者，竟然支持罗马帝国？"

"马克思曾说过，在成为革命的无产阶级之前，我们必须经历资本主义阶段。罗马帝国当时正要步入资本主义，而犹太人却因为受制于其宗教信仰，不愿意进入工业社会，所以……"

接着，镇长又提议将吃饭地点改到"圣特蕾莎之炉"："我不知道那儿的饭菜是否可口，可你的朋友大元帅非常崇敬这位圣人。"吉诃德神父不明白镇长为何非要将吃饭和信仰联系在一起，所以当镇长又向他推荐佛罗里达的圣安东尼奥餐厅时，神父生气了，因为

---

1 《圣经》中因其居民罪恶深重而被神毁灭的两座古城。

2 罗马帝国派驻犹太行省的总督，明知耶稣无罪，却迫于压力，将耶稣处以死刑。

3 古巴领导人。

他对这位圣人一无所知，他猜镇长是在取笑他。最终，两人在罗斯波切解决了晚餐问题，那里的饭菜并不可口，不过露天环境略微弥补了饭菜质量的不足。

饭菜还没上桌，两人就已经消灭了一瓶酒，随后伴着饭菜又消灭了第二瓶。当镇长建议再喝一瓶以完成"三位一体"时，神父拒绝了，理由是他累了，午休让他很不舒服。不过这只是借口而已——是之前的那个梦让他心事重重。他很想跟镇长谈谈这件心事，可桑丘肯定不理解此事对他造成的困扰。要是在家就好了……可在家，会有区别吗？特丽莎会说，"神父，那只是个梦而已。"至于埃雷拉神父……奇怪的是，吉诃德神父觉得但凡和他们本应共有的信仰沾点边的事，都不能和埃雷拉神父谈。埃雷拉神父是新弥撒的支持者，某天在吃完一顿气氛相当沉闷的晚餐后，吉诃德神父突然冒着傻气告诉埃雷拉神父，每次弥撒结束，他还习惯默念祷告文中已经被删除的圣约翰福音书的词句。

"哈，那些不过是诗歌而已。"埃雷拉神父不快地回应道。

"你不喜欢圣约翰？"

"我不喜欢以他名字命名的福音。我更喜欢圣玛窦。"

不知为何，吉诃德神父那天好像吃了豹子胆，他很确定，今晚的谈话明天就会传到主教的耳朵里。但管他呢！神父不怕他。只有教皇拥有任免教士的权力。于是，吉诃德神父继续说道："我一直认为圣玛窦福音与其他福音不同，应该被称为恐惧福音。"

"你这个诡异的念头打哪儿来的，教士阁下？"

"圣玛窦的福音中有十五处提到了地狱。"

"那又如何？"

"如果要以恐惧驭人……上帝完全可以将工作交给斯大林或希特勒。勇敢是美德，胆小懦弱不是。"

"孩子就要学会遵守纪律，我们都是孩子，教士阁下。"

"充满爱心的父母不会将恐惧作为教育的手段。"

"我真希望你不是这样教导你的教民的。"

"哦，不是我教导他们，是他们教导我。"

"圣玛窦可不是唯一一个提到地狱的，教士阁下。你对其他福音也是这么理解的吗？"

"区别很大。"吉诃德神父犹豫后答道，他心里一惊，意识到自己正处于危险之中。

"有什么区别？"埃雷拉神父貌似想套出神父离经叛道的话来，以便向罗马报告——当然，不会是直接汇报，而是通过正确渠道。

吉诃德神父的回答和他对镇长说的相同。"《马可福音》中只提过两次地狱（当然，作为心怀怜悯的使徒，他的书有自己的特色）。《路加福音》中出现了两次地狱——圣路加是一位伟大的说书人，很多寓意深刻的寓言都出自此书。而《约翰福音》——人们公认的最古老的福音书——比《马可福音》更古老……却有些奇怪。"他跨踏道。

"哪里奇怪？"

"那本书中竟然根本没提地狱，一次也没提。"

"教士阁下，你不是想质疑地狱根本不存在吧？"

"我之所以相信有地狱，是因为我的职责所在，可我内心并不确定。"

两人的谈话就此戛然而止。

汽车驶入旅馆所在的那条黑暗沉闷的街道，吉诃德神父踩下刹车。

"一想到本可以在皇宫酒店睡美觉，"镇长说道，"还是趁早离开这里为妙。"

两人刚走上楼梯，一扇门突然打开，屋内闪出的烛光中现出老妇人狐疑可怕的面孔。

"她看上去怎么那么让人害怕？"镇长不解道。

"也许是因为我们心里的恐惧会传染。"吉诃德神父说道。吉诃德神父将自己脱了个半光，飞快钻进被窝。镇长则不慌不忙，细心叠好裤子和夹克，没脱衬衫和衬裤就上了床，像是要提防夜里出现不测。

"你口袋里到底装着什么东西？"镇长提起吉诃德神父的夹克，问道。

"哦，那是约恩神父的《道德神学》。出发时我把它放口袋里了。"

"这真是度假必备的好书啊！"

"我瞧见你在车里放了列宁和马克思的书。"

"我打算借给你学习学习。"

"如果你喜欢，我可以把约恩神父的书借给你学习学习。"

"起码能催眠。"镇长边说，边从吉诃德神父的夹克口袋里掏出一本绿皮小书。

吉诃德神父仰面躺在床上，耳边听着镇长窸窸窣窣翻书的声音，镇长突然哈哈大笑起来。在吉诃德神父的记忆中，约恩神父书里并没有可乐的地方，不过他读那本书已经是四十年前的事了。吉诃德神父虽然躺在床上，却越来越精神，午睡时那个噩梦如同单调的音符，一直在脑中萦绕不散。

　　他梦见一群天使从十字架上救下耶稣，在此之前，魔鬼曾告诉耶稣，他可以向天使求救。所以，耶稣并没受到残忍的折磨，也没有出现地震石崩的景象和空的坟墓[1]。吉诃德神父站在各各他山上[2]，亲眼目睹耶稣在一片欢呼声中，得意洋洋地走下十字架。罗马士兵，甚至连百夫长都跪下向耶稣致敬，耶路撒冷的人们纷纷涌上山头对他顶礼膜拜。耶稣的信徒们欢欣雀跃地围在耶稣身旁。耶稣的母亲面带笑容，眼中流下喜悦的泪水。千真万确，毋庸置疑，整个世界都确信耶稣即是神之子。

　　这是个梦，当然，只是梦而已，可吉诃德神父的心里却空落落的。因为他在梦中突然意识到，自己所从事的职业毫无用处，梦里的生活有如撒哈拉沙漠，再没有怀疑或信仰，因为所有人都确信他们的信仰是千真万确的。神父开始轻声耳语："请上帝拯救我，不要让我过那样的生活。"他听到旁边床上镇长翻来翻去，不假思索地又加了一句"也请拯救这个人"，随后进入了梦乡。

1　据《圣经》记载，耶稣被钉上十字架时，地震石崩，之后人们挖开耶稣的坟墓，发现里面空空如也，并没发现耶稣的尸体。耶稣已经复活了。

2　耶稣在此地被钉于十字架上。

3

旅店的老妇人正站在楼梯下等他们。楼梯下方的木头有一个裂口，吉诃德神父绊了一跤，差点摔下楼去。老妇人在胸口划了一个十字，然后挥着一张纸，对神父喋喋不休地说了起来。

"她说什么呢？"镇长纳闷道。

"她在问我们的名字，住址，从哪儿来，要到哪儿去。"

"她拿的不是旅店登记簿。只是从笔记本上撕下的一张纸。"

老妇人依然在嘀嘀咕咕说个不停，音调越来愈高，几乎已经喊了起来。

"我一句都听不懂。"镇长说道。

"你不像我，听别人的忏悔很锻炼听力。她说她之前因为没有登记住客信息惹过祸。警察说有住客是共产党员，而且是通缉犯。"

"入住时怎么没让我们登记？"

"她原以为我们不会住这儿，然后她也忘了登记的事。借你的笔用一下。没必要为这事纠缠。"

"登记一个人就够了，尤其这人是神父，别忘了写上'高级教士'这几个字。"

"我们的目的地写哪儿？"

"写巴塞罗那。"

"你从没说过要去巴塞罗那。"

"谁知道呢？没准儿我们会去的。你的祖先可去过那里。不管怎样，别把所有事都告诉警察，我信不过他们。"

吉诃德神父不情愿地按照镇长的意思登记了信息。按照约恩神父的定义，这么做是骗人吗？吉诃德神父记得，约恩神父将谎言分为三类：恶意的、善意的和开玩笑的。他们的所作所为并非出于恶意，也肯定不是开玩笑。而善意的谎言是为了自己和他人的利益，可吉诃德神父觉得这种假话对谁都无益。也许，这根本就称不上谎言。他们的旅行毫无目的，说不定哪天真就去了巴塞罗那，谁又知道呢。

V

吉诃德教士和桑丘是如何拜访某处圣地的

1

"一路向北？"吉诃德神父问道，"我还以为是绕一小圈去巴塞罗那。"

"听我的，"镇长说道，"我们去个你肯定会祈祷的地方。沿着去萨拉曼卡的路一直走，要转弯时我会告诉你。"

吉诃德神父也说不上哪里不对，不过镇长说话的方式着实让他不安。神父闭嘴不语，又想起了那个梦，于是问道："桑丘，你真相信某天全世界都会信仰共产主义吗？"

"是的，我相信。当然，我活不到那天了。"

"无产阶级最终会获得全胜？"

"没错。"

"全世界变得像俄罗斯一样？"

"我可没那么说。俄罗斯还没实现共产主义。俄罗斯不过是在通往共产主义的道路上比其他国家走得快一些而已。"镇长举起一只手，友好地抵住神父的嘴。"你，一个天主教徒，别跟我提人权，我也保证不和你提宗教裁判所。当然，如果全西班牙都是天主教徒的天下，也就不会有宗教裁判所这种机构了——不过教会总要提防敌人。战争中少不了冤枉事。人总会趋利避害，两害相权要选择为害较小的，这可能意味着国家、集中营，没错，你也可以说精神病院。国家和教会对此各有各的借口，不过一旦进入共产主义，国家就彻底不复存在了。就好比说，如果天主教会征服了全世界，宗教法庭也就自然而然消失了。"

"假设共产主义实现的那天，你还活着。"

"那是绝不可能的。"

"好吧，假设你有个和你性格一模一样的曾曾曾孙，他亲眼目睹国家消失。整个世界从此公正平等——那他的生活会是什么样，桑丘？"

"他会为了大众的利益而工作。"

"桑丘，你对未来充满信仰。可他并没有你这样坚定的信仰。因为他就活在你所想象的未来中。一个人可以毫无信仰地活着吗？"

"我不明白你所说的毫无信仰指什么。人总有事情可做。比如，发现新能源，还有疾病——人总要和疾病作斗争。"

"你确定？医学已取得了重大进展。桑丘，我替你的曾曾曾孙感到难过。他的生活没什么可期望的了，除了等死。"

镇长面露微笑。"也许人类可以通过器官移植征服死亡。"

"上帝是不会同意的，"吉诃德神父道，"那时的日子好比生活在一望无际的沙漠之中。既无疑惑，亦无信仰。我更希望他能体验到所谓的欢乐死。"

"欢乐死是什么东西？"

"带着对未来的希望而死。"

"你是说荣福直观[1]那类胡说八道？相信所谓的得永生？"

"不。不一定必须相信。我们不会总相信。只要心怀憧憬。就像你一样，桑丘。哦，桑丘，桑丘，笃信一切是极其恐怖的。比如，认定马克思和列宁写的每个字都是绝对真理。"

"但那样我会很开心，会的。"

"我不相信。"

车内陷入了寂静。突然，像昨晚一样，桑丘又哈哈大笑起来。

"你笑什么，桑丘？"

"昨晚睡前，读着你那本约恩神父的《道德神学》，我突然想起一件事：中断性交这个词原来还代指极大的罪恶[2]，远不止是手淫的另一个说法那么简单。"

"很常见的误解。不过，你不该犯这种错误，桑丘，你说你曾在萨拉曼卡学过神学。"

"是的。昨晚想到过去，那时一提中断性交这个词，大家总会哈哈大笑。"

"我不记得约恩神父的书有那么好笑。"

"你忘了他对性交时被打扰是如何评价的了吧，他认为那也算是一种中断性交，但约恩神父认为，如果是因为某种不可预见、无可避免的原因，就算不上罪过。他在书中举例说，有人突然闯入的情况就不算罪过。我同学迭戈认识一位非常富有、极度虔诚的股票

1　指个人与上帝终极的、直接的交流，拥有荣福直观的人被认为能获得圆满的救赎。

2　天主教主张采用自然避孕法，即在女性安全期内同房，并认为人工避孕是种罪过。

经纪人。我想起他的名字了——他叫马奎斯。他在萨拉曼卡的河对面有一栋大房子，距离遣使会的修道院不远。不知他人是否还在世。如果还活着，肯定不会再为避孕费神了，他已经八十多岁了。但在当时，避孕可是个令他头疼的大问题，他是个严格遵守教义的信徒。幸好教会修改了关于高利贷的教义，股票经纪这行可涉及大量的高利贷。听起来很好笑，是不是？教会修改与钱有关的教义比修改与性相关的教义容易多了。"

"你们肯定也有一些规章不能修改。"

"没错。但凡与钱有关的制度就很难修改。但我们从不担心避孕这种事，只关心生产工具——别误会，我说的不是那种生产。在下个路口，左转。你看见前面山顶有个大十字架的高山了吗？那就是我们要去的地方。"

"还真是圣地。我还以为你在和我开玩笑呢。"

"不，不，教士。我这么喜欢你，怎么会和你开玩笑呢。刚说到哪儿了？哦，想起来了，马奎斯老爷爷和他的大麻烦。此人当时已经有五个孩子了，可他特别喜欢床笫之事，尽管竭尽全力遵守教规，无奈妻子非常容易怀孕。他本可以找个情妇，可我觉得约恩神父会认为，即使通奸也不能进行避孕。所谓的自然避孕法——我认为这种方式违背了人类的需求——在他身上全部失效了。也许在西班牙，女性体温受到教会的影响被篡改了[1]。我朋友迭戈告诉马奎斯——或许是开玩笑——约恩神父说过，某种情况的中断性交不算

1　天主教计算女性安全期主要依据身体的两个特征：一、基础体温，即女性每天晚上熟睡后的体温；二、宫颈黏液，即阴道分泌物。

罪过。对了，这个约恩神父到底是什么来头？"

"一个德国人。应该是修道院的教士，否则不会有时间研究道德神学。"

"迭戈对马奎斯说过这番话之后，待他下次去马奎斯家时，发现他家里多了一个男仆。这让迭戈吃了一惊，因为马奎斯是极其小气的人，除了偶尔招待一下遣使会修道院的某位神父之外几乎从不待客，家里之前已经有两位女仆、一位护士和一位厨师，完全足够了。用过晚餐后，马奎斯请迭戈到书房喝杯白兰地，这让迭戈受宠若惊。'我必须要谢谢你，'马奎斯说道，'你让我的生活轻松了许多。我一直在认真研读约恩神父的书。我承认，你第一次跟我提起他时，我还有点半信半疑，但我从西班牙遣使会拿到一本约恩神父的书，上面确确实实有马德里大主教以及审查机构的出版许可，根据上面所说，如果因为外人闯入而中断性交，确实不算罪过。'"

"'这怎么会让你的生活变得轻松呢？'迭戈纳闷道。"

"'你瞧，我雇了一位男仆，并细心调教他。当他在餐具室听见我房间的铃响了两次，他就候在我的卧室门外。我尽量不让他等太久，可我毕竟年岁渐长，在下一个信号——走廊里的铃长鸣——之前，他恐怕要等上一刻钟或更久。那就到了我无法再坚持的关头。男仆会立刻打开卧室门，我就立刻从我妻子的身体里抽出。你简直无法想象，约恩神父让我的生活变得多么轻松。已经三个月了，我再不必为可被原谅的小错跑去忏悔了。'"

"你是在嘲笑我。"吉诃德神父道。

"完全没有嘲笑之意。我发现与我的学生时期相比，约恩神父写的东西更有趣，更搞笑。很可惜，整件事的结局很扫兴，迭戈不识趣地戳破了马奎斯的美梦。'你误会约恩神父了，'迭戈对马奎斯说，'约恩神父所谓的闯入有个假定条件——"不可预见，无可避免"。而你早就知道男仆会闯进来。'可怜的马奎斯听见这话整个人都傻了。哦，你是说不过研究道德神学的那帮人的。他们的诡辩每次都能让你哑口无言。最好别信他们。你应该把你书架上那些老书都扔了，我这可是为你好。别忘了大教堂教士对你尊贵祖先说的那句话。'像您这样博学多闻、德高望重、聪明智慧的人，却把荒诞不经的骑士小说里可笑的事迹当作真事，确实太不应该了。'"

镇长停下，斜眼瞟了一眼吉诃德神父，然后继续道："你的脸瞧上去确实能看到你祖先的影子。如果我是桑丘，那你肯定就是忧容教士[1]。"

"尽管取笑我吧，桑丘。我难过是因为你在嘲笑我的书。我认为那些书比我自己更重要。它们是我的全部信仰和全部希望。"

"我要把'神父'列宁的书借给你，以回报你借给我约恩神父大作的恩情。也许它也能带给你希望。"

"给我在这个世界的希望，也许吧，但我所需的希望远不止如此，这个希望并不仅仅是为了我自己。还为了你，桑丘，和我们的世界。我知道，我是个迷茫的可怜神父，都不知道我现在要去哪里。我读的书中有些内容很荒谬，与我祖先收藏的骑士小说没什么两样，但这不能说明骑士小说都是荒谬的。无论你觉得它们有多荒

---

1 堂吉诃德在小说中被称为忧容骑士。

谬，我依然坚信……"

"坚信什么……？"

"坚信一个历史事实：耶稣确实死在十字架上，然后又复活了。"

"那是最荒谬的地方。"

"世界就是荒谬的，否则我们也不会一起待在这里了。"

"罗西纳特"艰难地爬上瓜达拉马山的山顶，随后开始下坡，向着阴森森的高山下的山谷驶去，高耸的山顶上立着一座沉甸甸的巨型十字架，足有一百五十米高。两人远远望见前方停着许多汽车，从富人开的凯迪拉克到小型西雅特汽车应有尽有。西雅特车的车主们在车旁支起折叠桌，准备野餐时用。

"你希望活在一个完全理性的世界里吗？"吉诃德神父问道，"那将多么无趣。"

"你听起来好像你的祖先。"

"瞧那山顶上的断头台，或者你喜欢的说法——绞刑架。"

"我只看见一个十字架。"

"其实它们是同一个东西，不是吗？桑丘，我们这是到哪儿了？"

"这是堕落之谷，神父。你的朋友佛朗哥元帅打算像法老一样，将尸骨埋在这儿。于是，一千多名囚徒被迫来到这里给他挖坟墓。"

"哦，我想起来了，作为回报，他们最后都被释放，获得了自由。"

"有几百人得到的自由是死亡。神父，你打算在这儿祈祷吗？"

"当然。为什么不呢？即使这里是犹大或斯大林的坟墓，我也会祈祷的。"

两人交了六十比塞塔[1]，停好车，来到入口处。墓穴如此之大，需要多大的石头才能封住入口啊，吉诃德神父暗暗嘀咕道。入口处的金属格栅上装饰着西班牙四十圣人的雕像，墓穴内部如教堂的中殿一般宽敞，四周墙壁挂满了十六世纪的壁毯。"大元帅坚持不能漏掉一个圣人。"镇长介绍道。由于墓穴内部宽敞空阔，游客和他们说话的声音似乎变小了。祭坛位于墓穴尽头大穹顶的下方，看起来非常遥远。

"这真是不可思议的工程，"镇长赞叹道，"好像金字塔，需要征用奴隶修建。"

"比如西伯利亚集中营的那些犯人。"

"俄罗斯的囚犯起码是在为祖国的未来流汗，可修建这儿的人只是为了一个人的荣光。"

两人缓缓向祭坛走去，路过一个又一个礼拜堂。在这装饰得富丽堂皇的大厅里，游客无需压低声音讲话，在宽阔的空间中，所有声音听起来都仿佛是耳语。难以想象，他们此刻正走在山体的深处。

"按照我的理解，"吉诃德神父说道，"修建这所教堂的用意在于和解，所以敌我双方的首领都被藏于此处。"

祭坛一侧是佛朗哥元帅的坟墓，另一侧则埋着长枪党[2]创始人何塞·安东尼奥·普里莫·德里维拉。

1　当时西班牙的基本货币单位。

2　西班牙佛朗哥时代的法西斯政党。

"这儿连给共和党人的一块碑都没有。"镇长道。

两人一路沉默，走了很长一段距离才返回入口处，出去时，他们最后回头瞥了一眼。"看着有点像王宫酒店，"镇长道，"当然，这儿空间更宽敞，客人更少。王宫酒店可买不起那些壁毯。而且那边最里面应该是酒保调酒的鸡尾酒酒吧，那里的特色是一种红酒调成的鸡尾酒配华夫饼干。教士，你怎么不说话？肯定是被震撼到无语了吧。你还好吗？"

"没什么，我在祈祷而已。"吉诃德神父答道。

"为埋在这座宏伟坟墓里的佛朗哥大元帅？"

"是的，也为了你和我。"神父补充道，"还有我的教会。"

驱车离开前，吉诃德神父在胸口划了个十字。他有些神情恍惚，不清楚自己为什么要这么做，也许是为了保佑今后路上平安，也许是为了宽恕镇长那轻率的言论，但也可能只是紧张罢了。

镇长突然道："我感觉我们被跟踪了。"他身子前倾，挡在吉诃德神父身前，盯着后视镜看。

"所有车都超过了我们，只有那辆车没超。"

"跟踪我们做什么？"

"天知道为什么！我跟你说过要戴上紫色圣带。"

"我的确穿了紫色袜子。"

"只穿袜子还不够。"

"我们现在去哪儿？"

"按照这个龟速，今晚肯定赶不到萨拉曼卡了。最好在阿维拉市睡一晚。"镇长盯着后视镜，又道，"他终于超车了。"话音未落，一辆汽车飞速驶过两人的车。

"瞧，桑丘，他们没跟踪我们。"

"那是辆吉普车。是国民卫队的吉普车。"

"不管怎样，他们没理会我们。"

"但我还是希望你戴上紫色圣带，"镇长道，"他们可看不见你的袜子。"

两人决定在路边午餐，坐在干枯的草地上，吃着剩下的香肠。香肠有点干，而且不知为何，今天的马拉加葡萄酒喝起来也没之前那么美味了。

"看到这香肠，我想起一件事，"镇长道，"如果你愿意，我们可以在阿维拉参观大德兰修女的无名指，在萨拉曼卡附近的阿尔巴德托尼斯，我还可以带你参观她的一整只手掌。我相信它现在已经还给那儿的信徒了——有段时间大元帅把它借走了。据说他将手掌摆在他的桌子上，当然，是毕恭毕敬的。在阿维拉还有大德兰修女经常和圣十字若望谈话的忏悔室。圣十字若望是伟大的诗人，他的神圣无可置疑。在萨拉曼卡学习的那段时间，我经常去阿维拉，主要是因为一个最美丽的姑娘，阿维拉某位药剂师的女儿。但你知道吗，我对那根无名指充满了敬意。

"你为什么放弃学习，桑丘？你从没说过原因。"

"或许主要因为她那一头长长的金发。那是一段非常快乐的时光。她父亲是秘密党员，身为药剂师的女儿，她可以拿到父亲私藏的避孕药，所以我不需要'中断性交'。可你知道吗，人类的本性很奇怪，如果能回到过去，我要去对大德兰修女的无名指说声抱歉。"镇长闷闷不乐地盯着自己杯中的酒。"哦,神父,我嘲笑过你迷信,但那段时间我也有些迷信。难道这就是我想和你结伴上路的原因——为了重拾我的青春?那时我对宗教半信半疑,一切都是那么复杂,那么矛盾,却又充满乐趣。"

"我从没觉得复杂。因为我总能在被你鄙视的书中找到答案。"

"也包括约恩神父的书吗?"

"哦,《道德神学》从来都不是我的强项。"

"那时出了一个问题,女孩的父亲,那位药剂师,他死了,所以我们再也搞不到避孕药了。现在避孕不是什么问题,但在当时……再喝一杯吗,神父?"

"和你一起,我真担心一不小心会变成嗜酒如命的威士忌神父了。"

"这么对你说吧,我和我的祖先桑丘一样,从不嗜酒。我只在心情愉悦和向朋友致敬时才喝酒。我敬你,教士阁下。约恩神父对喝酒有什么高见吗?"

"沉迷杯中物,喝到丧失理智是不可饶恕的重罪,除非你有正当的理由。劝人喝酒也是同罪,除非事出有因。"

"他这个人真能定规矩,不是吗?"

"说来奇怪,约恩神父还说过,醉酒——也就是你现在正在犯的罪过——如果发生在宴会上,是可以被宽恕的。"

"我想我们可以把此刻当作宴会。"

"我不确定只有两人能否称得上宴会,也不知道风干的香肠是否符合宴会标准。"吉诃德神父有些紧张地笑了笑(因为他觉得自己的话也许并不好笑），这时他的手碰到了口袋里的《玫瑰经》[1]，于是他说道："你也许是在嘲笑约恩神父，我还和你一起笑了，愿上帝宽恕我。但是，桑丘，道德神学并不代表教会，约恩神父的书也不是古老的骑士小说。他的书好比军队的军规。圣方济各·沙雷氏曾写了一本八百页的书，书名为《主之爱》。可约恩神父的军规里根本没提过爱这个词，而你在圣方济各·沙雷氏的书里也见不到'不可饶恕的重罪'这种说法。圣方济各·沙雷氏是日内瓦的主教和管理者。我不明白他怎么会和加尔文宗[2]那么亲近。加尔文宗应该和列宁甚至斯大林更合得来，或者国民卫队。"神父提到国民卫队，是因为他瞧见刚才开过去的那辆吉普车又掉头回来了，不过也有可能并不是同一辆车。他的祖先也许会冲上路，和吉普车搏斗，可神父有些心虚，甚至有一丝愧疚。吉普车减速经过他们的汽车。待吉普车终于消失在视线之外，两人都松了一口气，他们躺在午餐的狼藉之中，谁也没说话。片刻之后，吉诃德神父张口道："我们又没做亏心事，桑丘。"

"他们以貌取人。"

"可我们看起来像无辜的羔羊，"吉诃德神父争辩道，并引用了他最喜欢的一位圣人的话，"'即便狂怒的大象看到小羊羔也会怒气全无；炮弹威力无边，却对羊毛无可奈何。'"

"不管这话谁说的，"镇长说道，"他显然不懂自然史和力学。"

1　《玫瑰经》（正式名称为《圣母圣咏》）是天主教徒用于敬礼圣母玛利亚的祷文。此名是比喻连串的祷文如玫瑰馨香，敬献于天主与圣母身前。

2　加尔文宗是 16 世纪瑞士宗教改革的产物，由法国人让·加尔文于 1541 年创立于日内瓦城，与路德宗和安立甘宗并称新教三大主流派。当时的日内瓦处于加尔文宗的控制之下。

"是酒的缘故吗？我现在觉得好热。"

"我可不觉得热。今天气温适宜。不过，我又没戴着那可笑的罗马领。"

"这是赛璐珞材质的。想想国民卫队的穿着，你就不觉得它热了。你试试就知道了。"

"好的，给我试试。把罗马领给我。如果记得没错，桑丘最后成了某个岛的总督，而在你的帮助之下，我会成为灵魂的总督，就像约恩神父一样。"镇长将罗马领套在脖子上。"没错，你说得对。没那么热。就是有点紧。弄得我脖子疼。真奇怪，神父，一摘下罗马领，你看上去就不像神父，更不像教士了。"

"当管家夺走堂吉诃德的长矛，扒下他的盔甲，他看上去也不像是流浪的骑士，只是个疯老头了。把罗马领还给我吧，桑丘。"

"让我再当会儿总督。戴着这领子，说不定有人会向我忏悔。"

吉诃德神父伸手去抢罗马领，这时突然响起一个严肃的声音。"把你们的证件拿出来。"说话的是国民卫队的卫兵。他一定先将吉普车停在了道路的转弯处，然后步行过来的。此人体型粗壮，浑身冒汗，不知道是因为走路的原因，还是出于担忧，他的手一直放在枪套上。或许他担心眼前的两人是巴斯克恐怖分子。

"我的钱包在车里。"吉诃德神父说道。

"我们一块儿过去取。你的证件呢，神父？"卫兵向桑丘询问道。

桑丘伸手在胸口的口袋里摸索着自己的身份证。

"你口袋里沉甸甸的是什么东西？"卫兵握住枪，桑丘从口袋里掏出一本绿皮书，书名是《道德神学》。"这不是非法读物，卫兵。"

"我没说是非法读物,神父。"

"我不是神父,卫兵。"

"那你为什么戴着罗马领?"

"我刚向我朋友借的。瞧,没戴上,只是放上去而已。我的朋友是高级教士。"

"高级教士?"

"是的,你可以看看他的袜子。"

卫兵瞧见神父脚上的紫色袜子,问道:"这么说,这本书是你的?还有那个罗马领?"

"是的。"吉诃德神父答道。

"你把它们借给这个人?"

"是的,事情是这样的,我觉得热,所以就……"卫兵挥手示意神父走到汽车旁。

吉诃德神父打开车上的贮物箱,摸索了半天也没找到身份证。卫兵在神父身后紧张地喘着粗气。可能是老"罗西纳特"颠簸得太厉害的缘故,身份证滑进了一本红色封皮的书里,这本书是镇长放在手提箱里的。吉诃德神父拿起书,书的封面上用大字体印着作者的名字:列宁。

"列宁!"卫兵惊呼道,"这是你的书吗?"

"不,不是。我的书是《道德神学》。"

"那这是你的汽车吗?"

"是的。"

"可这书却不是你的?"

"它是我那位朋友的。"

"你借给他罗马领的那位？"

"是的。

镇长跟着也来到了车前。卫兵被突然出现的镇长的声音吓了一大跳，很显然他有些惊魂不定。"即使列宁的书现在也不是禁书了，卫兵。这是本很早的书，里面只有一些关于马克思和恩格斯的文章。多数是他在伟大的苏黎世写的。若论这本小书的影响力，你可以称之为银行家之城[1]的小定时炸弹。"

"定时炸弹！"卫兵惊叫道。

"我只是打个比喻。"

卫兵小心翼翼地将书放在车座椅上，走开了一段距离。他对吉诃德神父道："你的身份证明没说你是教士。"

"他是秘密出行。"镇长说道。

"秘密出行。为什么秘密出行？"

"因为他像圣人一样谦卑，不希望别人知道他的身份。"

"你们打哪儿来？"

"他刚在墓地为大元帅祈祷。"

"是真的吗？"

"是的。我确实念了几段祈祷词。"

卫兵再次查看神父的身份证明，稍稍放下心来。

"几段祈祷，"镇长道，"一段根本不够。"

"一段不够，你什么意思？"

1　苏黎世被称为银行家之城。

"因为一段祈祷很难让上帝听见。虽然我不是信徒，可为大元帅举办那么多弥撒肯定是有原因的。为他那样的人祈祷，必须大声喊，上帝才能听到。"

"你的伙伴是个怪人。"卫兵对吉诃德神父道。

"哦，别在意他说什么，他心肠是好的。"

"你们打算去哪儿？"

镇长抢先答道："教士想在大德兰修女的无名指前再为大元帅祈祷一次。你知道的，它保存在阿维拉市外的女修道院里。他想为大元帅做一切他能做的。"

"你的话还真多。你的身份证明上说你是埃尔托沃索镇的镇长。"

"曾经是，可现在丢了工作。教士却升了级。"

"昨晚你们住哪里？"

"马德里。"

"马德里哪儿？哪家旅馆？"

吉诃德神父向镇长投去求助的目光，道："一个小地方——我不记得了——"

"在哪条街上？"

镇长突然插嘴，言之凿凿地说："我们住在王宫酒店。"

"那可不是小地方。"

"大小是相对的，"镇长道，"和大元帅的墓相比，王宫酒店就太小了。"

三人陷入一阵尴尬的沉默，似乎一位天使刚飞过他们头顶。终于，卫兵命令道："待在这儿别动，等我回来。如果你们企图开车逃走，小心受伤。"

"小心受伤，他这话什么意思？"

"我想他是在警告我们，如果我们胆敢逃跑，他会开枪。"

"那我们就乖乖待在这儿。"

"是的。"

"你为什么撒谎说我们住王宫酒店？"

"吞吞吐吐只会让事情变得更糟。"

"可他们会去核实的。"

"也许不会，不管怎样，核实需要时间。"

吉诃德神父道："我被搞糊涂了。我在埃尔托沃索镇住了这么多年，不明白为什么……"

"你的祖先也是出了村子才碰到风车的。瞧，我们的任务更简单。不需要和三十或四十座风车搏斗，只要对付两个卫兵。"

说话间，那位胖墩墩的卫兵又回来了，身边还跟着一位同伴，胖卫兵正在跟同伴讲述他碰到的奇怪事，那舞动的双臂的确会让人联想到风车。借助午后徐徐的微风，镇长和吉诃德神父听到了教士、列宁和紫袜子这几个词。

另外那位卫兵十分瘦削，举手投足间透着坚毅。

"打开后备箱。"他双手叉腰，命令道。吉诃德神父笨手笨脚地掏出车钥匙。

"把包打开。"

他把手伸进吉诃德神父的包里，从里面掏出紫色圣带，问道：

"你怎么没戴这个？"

"太引人注目了。"吉诃德神父答道。

"你害怕引人注目吗？"

"不是害怕……"瘦卫兵透过汽车后窗窥探着车里。

"那些箱子里装的什么？"

"马拉加葡萄酒。"

"看着不少啊。"

"是的，没错，如果你想来几瓶……"

"记下来，"他对胖墩墩的卫兵命令道，"所谓的教士要送我们两瓶马拉加葡萄酒。给我瞧瞧教士的身份证。你记下号码了吗？"

"我马上记。"

"我来看看这本书。"他翻着列宁的书，"看得真细致啊，很多页都做了标记。本书出版于莫斯科，原文为西班牙语。"他读道："'武装斗争有两个不同目的：首先，武装斗争是为了暗杀军队和警察中的士兵、首领及其下属……'这就是你的目的吗，教士阁下——如果你真是教士的话？"

"那不是我的书，是我朋友的。"

"你有个奇怪的朋友，教士，一个危险的朋友。"瘦竹竿说完这话，陷入了沉思。吉诃德神父瞧着卫兵，就像在看法官——一位正在斟酌要判他死刑或无期徒刑的法官。吉诃德神父道："你可以给我的主教打电话……"话说了一半他就打住了，因为他突然想到，主教绝不会忘了上次他将教会善款草率拨给某慈善组织的事。

"记下车牌了吗？"瘦卫兵问胖卫兵。

"哦，记下了，当然记下了。我们过来的时候就记下了。"

"你们要去阿维拉？准备住哪儿？"

镇长连忙答道："我们打算住国营旅店。如果那儿还有房间的话。"

"没提前预订吗？"

"我们在度假，卫兵。随兴而行。"

"你们的车牌我们记下了。"卫兵道。瘦卫兵转身离去，胖卫兵随后跟了过去。吉诃德神父觉得两人走起路来像两只鸭子。一只可以直接端上桌，另外一只还要再养肥一些。两位士兵转了一个弯，消失了——说不定那边就是他们的池塘。

"我们先在这儿等他们走了再说。"镇长说。

"我们这是怎么了，桑丘？他们为什么那么怀疑我们？"

"你必须承认，"镇长道，"教士将罗马领借给别人，这事的确不常见……"

"我去和他们解释去。"

"别，最好待在这儿。他们在等着呢。等着瞧我们会不会去阿维拉。"

"那就让他们看好了，我们就是去阿维拉。"

"我觉得最好不去阿维拉。"

"为什么？"

"他们应该已经通知那边的卫兵了。"

"怕什么？我们又不是坏人。也没做坏事。"

"让他们感到不安就是做坏事。他们迟早会等得不耐烦的。我觉得我们应该再喝一瓶酒。"

两人又回到刚才午餐的地方坐下，镇长一边拔软木塞，一边说道："假如让我暂时信上帝，我仍然很难相信上帝希望这两位士兵来到人间，更别说希特勒和大元帅了，甚至斯大林也是。要是他们的父母被允许使用避孕措施就好了……"

"杀死一个灵魂可是大罪，桑丘……"

"精子有灵魂？除了一个幸运儿，剩下的一亿颗精子都死了。感谢上天，否则地球上早就人满为患了。"

"但避孕违反自然法则，桑丘。"

砰的一声，酒的软木塞终于被拔了出来，这是一瓶年头不久的新酒。

"我一直对自然法则感到不解，"桑丘道，"什么法则？何谓自然？"

"人一出生心中就抱有一个法则。违背这个法则，你的良心就会有感觉。"

"我可没有。或者从来没感受到。这个法则是谁制定的呢？"

"上帝。"

"哦，你当然会这么想，但我换个问法。最先告诉我们有这个法则的人是谁呢？"

"很久很久以前，基督教的……"

"打住，打住，教士。你在圣保罗福音中读到过任何与自然法则有关的内容吗？"

"唉，桑丘，我不记得了。我老了，但我确定……"

"神父，在我看来，猫天生爱吃小鸟或老鼠，这就是自然法则。这对猫来说没什么，对鸟和老鼠来说就是灾难。"

"嘲讽不能作为论据，桑丘。"

"哦，我不完全否定良心，教士。如果没有正当理由杀了人，我会为此感到良心不安。但如果我生了孩子又不想要，我会内疚一辈子的。"

"我们必须相信上帝是仁慈的。"

"上帝并不总是仁慈的，不是吗？想想非洲和印度。即使在我们国家，如果孩子生来贫穷，患了疾病，可能根本没机会……"

"他会获得永恒的喜乐。"吉诃德神父道。

"哦，没错，但按照教会所说，他也可能会获得永恒的痛苦，如果他受环境影响堕入所谓的地狱。"

地狱这个词立刻让吉诃德神父哑口无言了。"我相信，我相信，"吉诃德神父暗暗提醒自己道，"我必须相信，"可他还是想起了圣约翰的缄默，就像是龙卷风中心的宁静。可能是借助了魔鬼的提醒，神父还想到圣奥古斯丁 [1] 曾说过，罗马有个瓦提喀纳斯 [2]——"婴儿哭泣之神"。神父道："你竟然偷着自顾自倒了一杯。"

"把你的酒杯递过来。我们还有奶酪吗？"

吉诃德神父查看着碎石的缝隙，瞧瞧是否还有剩下的奶酪。"但人可以控制自己的欲望。"神父说道。

"不吃奶酪？"

1　古罗马帝国时期基督教神学家、哲学家，欧洲中世纪基督教神学的重要代表人物。在罗马天主教系统，他被封为圣人和教会圣师，并且是奥斯定会的发起人。

2　古罗马人认为婴儿刚出生时是通过该神的指引才发出的第一声哭泣。

"不，我是说性欲。"

"这不违背本性吗？也许你和罗马教皇可以，但对深爱对方且同居的人来说，那可是干柴烈火，更不要说身强力壮的年轻人……"

对于这个人们一直争论不休的话题，神父也找不到可信服的答案。"我们有自然的方法。"这句话神父说过不下几百次了，这时才意识到自己对这个问题有多么无知。

"除了道德神学家，谁会认为那是自然的方式？每个月有那么多天可以恩爱，却要先用体温计测体温……这可不是释放欲望的方式。"

吉诃德神父突然想到一句话，这句话出自他最喜欢的一本古书——圣奥古斯丁的《上帝之城》："有时，人的欲望和意志会发生斗争，尤其在充满渴望，头脑狂热之时，两者更是战得不可开交。但欲望终究会在身体中冷却，并让人感到失望。"可这句话无法用来反驳镇长。

"我想你的黑里贝特·约恩神父会认为，为了不生孩子，与绝经的妻子做爱算是手淫行为。"

"也许吧，那个可怜的人。"

可怜的人？他暗想：圣奥古斯丁谈论性起码出于经验，而非仅凭理论。他是罪人，同时亦是圣人。他不是道德神学家，他是个诗人，甚至称得上幽默作家。在学生时代，《上帝之城》中有一段话曾让大家哈哈大笑。"有些人放起屁来如此艺术，甚至让人觉得是在唱歌。"不知道黑里贝特·约恩神父看了这话作何感想？很难想象道德神学家早上是如何解大手的。

"再给我一块儿奶酪。"吉诃德神父说道。"听，吉普车开过来了。"

吉普车缓缓驶过两人。胖卫兵开车，瘦卫兵目光犀利地盯着他们，那神态好似一名自然科学家，正在仔细观察两只非常稀有的昆虫，以便能准确描述。吉诃德神父为自己已经戴上罗马领而感到欣慰。他甚至伸出一只脚，故意露出紫色的袜子，虽然他讨厌紫色的袜子。

"我们终于征服了风车。"镇长道。

"什么风车？"

"国民卫兵就像风车，随风转。原来替大元帅卖命，现在又抛弃了元帅。如果我们党上台执政，他们也会跟着东风转，和我们站在一起。"

"他们走了，可以上路了吗？"

"再等等，说不定还会返回来。"

"如果你不想卫兵一路跟着我们到阿维拉，那我们去哪儿？"

"抱歉让你见不到大德兰修女的无名指了，但我觉得塞戈维亚更好。明天早上我们可以在萨拉曼卡参观另外一个圣地，比你今天祈祷的地方还要好。"

终于，两人感受到了傍晚的第一丝寒意。镇长紧张兮兮地走上公路，然后又折了回来：路上没发现卫兵的踪影。镇长问道："神父，你从来没爱过一个女人吗？"

"从没有。至少不是你认为的方式。"

"你从没动过心……？"

"从来没有。"

"真奇怪，这太不人性了。"

"没什么奇怪或不人性的，"吉诃德神父道，"我和很多其他人一样，有上帝的庇护。爱对我们来说有些像近亲通婚。并非很多人想突破这个界限。"

"是，不过除了近亲，你还有很多另外的选择。比如，去爱朋友的姐妹。"

"我有自己的选择。"

"她是谁？"

"一个名叫马丁的女孩。"

"她就是你的杜尔西内娅？"

"你如果愿意这么想，那就是，但她住的地方距离埃尔托沃索镇异常遥远。她给我写信。在我和主教闹别扭的时候，她的信给了我莫大的安慰。她曾写过一句话，我几乎天天都会想起：让我们因琐事劳烦而死，而非死于刀剑之下。"

"你的祖先更愿意死于刀剑之下。"

"都一样，最后还是会因为琐事劳烦而死。"

"马丁，听这个名字的发音，她不是西班牙人？"

"不是，是挪威人。你别误会。当我知道她，并渐渐喜欢上她时，她已经去世多年了。你可能听说过她的另一个名字。她住在利雪。当地的加尔默罗会[1]有一个为神父祈祷的特殊节日。我希望她

1　中世纪天主教四大托钵修会之一。因称圣母曾显现授以"圣衣"，故又名"圣母圣衣会"。

为我祈祷，我觉得她会的。"

"哦，你说的原来是大德兰修女，马丁这个名字把我搞糊涂了。"

"我很高兴，共产党也知道她。"

"你知道的，我并不一直是共产党。"

"不管怎样，一个真正的共产党也算是某种神父，如此想来，她肯定也会为你祈祷的。"

"这儿太冷了。我们走吧。"

两人沿着来时的路，默默开了一阵子，一路上没发现吉普车的踪影。车子开过通向阿维拉的路口，按照路标的指示向塞戈维亚驶去。终于，镇长开口道："刚听了你的爱情故事，神父。我们的爱情完全不同，不过都有一个共同点，我们的女人都不在人世了。"

"愿她的灵魂得以安息。"吉诃德神父说道。这不过是神父习惯性的说辞，但对于沉默的两人来说，这话像是在向炼狱中的灵魂祈祷："你们比我和上帝更亲。替我们两人祈祷吧。"

道路前方，塞戈维亚市的罗马沟渠隐隐可见，壮观的建筑在傍晚的灯光下投射出长长的影子。

他们住进一家距离圣马丁教堂不远的小旅店——又是马丁，这个名字总让吉诃德神父想起那个她。与身着圣人的教服，或是被人们动情地称为"小花"相比，神父觉得马丁这个名字更亲近。在祈祷时，神父有时候甚至称她为马丁小姐，仿佛以姓氏称呼她，就能在她泥塑雕像前众声喧哗的祷告声中脱颖而出，让自己的祈祷传到她耳中似的。

两人在路边喝了足够多的酒，所以谁也不饿，也就没去找餐馆。两人所爱的女人似乎也在伴着他们一路同行，一直陪他们抵达了目的地。吉诃德神父很高兴终于可以有自己的房间了，虽然房间很小。此刻距离拉曼查最多不过二百公里，可感觉好像横跨了整个西班牙。开着慢吞吞的"罗西纳特"，谈论距离是毫无意义的。按照他祖先事迹所述，堂吉诃德从拉曼查出发，最远也只到过巴塞罗那，可但凡读过那段真实历史的人都觉得，堂吉诃德的足迹已经遍布了全西班牙。想想那段如今无法体会的日子，慵懒散漫的时光也自有它的好处。与喷气飞机相比，"罗西纳特"更讨真正的旅行者的欢心。喷气飞机是商人们才坐的玩意儿。

吉诃德神父依然忘不了那个噩梦，于是临睡前读了会儿书。他随手翻开圣方济各·沙雷氏的书。在耶稣诞生之前，人们就将维吉尔卦[1] 用做占星术，可相比维吉尔这个模仿性的诗人，吉诃德神父更相信圣方济各。他在《上帝之爱》这本书中读到的东西让他大吃一惊，也让他心生勇气。"在所有的表达和反思之中，祈祷是个好办法，有时向主祈祷，有时向天使祈祷，向圣人和自己，向自己的心、罪人甚至无生命的东西祈祷……"神父向"罗西纳特"祈祷道："原谅我吧，我让你如此劳累。"随后就睡了过去，一夜无梦。

1　维吉尔被罗马人及后世广泛认为是古罗马最伟大的诗人。古代的人们相信维吉尔具有未卜先知的能力，在民间也出现了一种叫"维吉尔卦"的占卜方式：当一个人感到有决定需要咨询上天的时候，只需要打开《埃涅阿斯纪》，他第一眼看到的那行诗便是神意。

VI

吉诃德教士和桑丘是如何拜访另一处圣地的

"我很高兴，"当车子驶向萨拉曼卡时，镇长道，"你终于戴上那个围嘴了——你们管那东西叫什么来着？"

"圣带。"

"如果卫兵立刻去阿维拉核实，恐怕我们就得进监狱了。"

"为什么？凭什么？"

"问题不在于为什么，在于有口说不清。内战时，我曾进过监狱。牢房里总弥漫着一股紧张的气氛。你知道吗，一旦你的朋友被叫走，就再也回不来了。"

"可现在不是战时。情况比那时好很多。"

"是的，也许吧。不过在西班牙，但凡优秀的人都进过监狱。若不是塞万提斯多次入狱 [1]，我们也听不到你祖先的事迹。在修道院，有罪之人除了睡觉还必须早早起床祈祷，而进了监狱，有比修道院更多的时间去思考。我从不在六点前起床，晚上一般九点熄灯。当然，审讯是痛苦的，但都被安排在合理时间，从不会打扰你的午睡。神父，你要牢牢记住一点，审讯者与修道院长不同，他们

1　塞万提斯曾两次入狱。

喜欢正常的作息时间。"

车子经过阿雷瓦洛时，墙上贴着几张破烂不堪的巡演马戏团海报。海报上的男人身穿紧身衣，炫耀着肌肉异常发达的胳膊和大腿。男人绰号"老虎"——"比利牛斯山最棒的摔跤手"。

"西班牙几乎一点没变，"镇长感叹道，"在法国，你绝不会有身处拉辛或莫里哀时代的错觉，同样在伦敦，你也绝感受不到莎士比亚时代的气息。只有在西班牙和俄罗斯，时间好像停滞了。神父，我们应该像你祖先一样，上路探险。我们已经和风车战斗过了，与这位'老虎'失之交臂也不过一周或两周时间。与你祖先发现狮子所经历的危险相比，这只'老虎'没准温顺多了。"

"我可不是堂吉诃德，桑丘。我怕挑战这样的大块头。"

"你太低估自己了，神父。你的信仰就是你的长矛。如果这只'老虎'胆敢对你深爱的杜尔西内娅言语不敬的话……"

"你知道我没有杜尔西内娅，桑丘。"

"你知道我说的是马丁小姐。"

车外又出现了另一张海报，海报上的文身女人跟之前的老虎一样身材魁梧。"西班牙就喜欢怪物，"桑丘怪笑道，"神父，如果一个双头怪物出生，而你必须到场，你会怎么办？"

"我肯定会给它洗礼，这还用问。"

"那你可就大错特错了，教士阁下。别忘了，我可一直在研读黑里贝特·约恩神父的大作。他教导我们，如果你怀疑面对的是一只还是两只怪物，你必须采取折中的方式，给一个头洗礼，对另外一个头酌情处理。"

"是吗，桑丘，我可不是为约恩神父工作。你读他的书似乎比我读得还仔细。"

"如果遇到难产，神父，身体某个部位比头先出来，你必须先为这个部位洗礼，也就是说，碰到臀位分娩[1]时……"

"桑丘，如果你放过约恩神父，我答应你，我今晚就开始读马克思和列宁的书。"

"推荐你先读马克思的《共产党宣言》。《共产党宣言》不长，而且马克思的文笔比列宁更好。"

中午刚过，两人已经穿过托尔梅斯河，进入灰沉沉的萨拉曼卡旧城。吉诃德神父依然不清楚此行朝圣的目的地，不过他并不在意，甚至觉得开心。这是他自小梦想来学习的大学之城。在这里，他可以参观伟大的圣十字若望倾听神学家路易斯·莱昂修士[2]教诲的教室，说不定路易斯·莱昂还认识他的祖先，如果后者到过这座城市的话。抬头瞧瞧大学那壮观的雕花大门吧，红衣众主教簇拥之中的教皇清晰可见，圆形浮雕中的历届天主教国王，甚至连维纳斯和赫拉克勒斯在上面也有一席之地，更别说一只不起眼的青蛙了，神父嘴里嘟囔着祈祷词。那只青蛙是两个小孩指给他看的，他们为此管神父要钱。

"神父，你在祈祷什么？"

"这是一座神圣的城市，桑丘。"

"你感觉像是回家了，对不对？在这儿的图书馆里，你可以找到你那些骑士小说的初版书，它们正堆在旧书架上慢慢腐烂。我怀

1　分娩时，臀部先露出母体，是异常胎位中最常见的一种，其发生率约占分娩总数的 3% ~ 4%。

2　奥古斯丁修会修士，抒情诗人，神学家和学者，活跃于西班牙"黄金时代"时期。

疑这儿的学生根本不会碰它们。"

"你能在这儿学习真是太幸运了，桑丘。"

"幸运？我可不敢那么说。现在回头看，我觉得更像是被流放了。也许我们应该向东走，向我从不了解的家园进发，去探索未来，而不是缅怀过去，重回我曾离开的家。"

"你正是穿过这道门，开始了你的学习。我正在努力想象年轻的桑丘……"

"那时的老师不是黑里贝特·约恩神父。"

"当时谁的课你都不喜欢吗？"

"哦，当然不。那时我还算半个信徒。但凡彻头彻尾信徒的课，我都听不长，但有一个老师也是半个信徒，我听他的课听了两年。如果他一直在的话，我在萨拉曼卡逗留的时间还会长一些。可惜他遭到了流放——和他多年前的经历如出一辙。他不是共产党员，或许都算不上社会主义者，可他无法忍受大元帅的统治，我们今天就是来看看他的遗物。"

两人步行来到一座小广场，瞧见一颗留着虬髯的头像立于几层绿黑色的乱石之上，挑衅地瞪着一座小房子的百叶窗。"他就死在那儿，"桑丘道，"在那座楼的某间房里，他和朋友当时正坐在炭炉前取暖。他的朋友发现他的一只拖鞋着火了，可乌纳穆诺[1]并没警觉。房间木地板上现在还有鞋燃烧留下的印记。"

"乌纳穆诺。"吉诃德神父一边念叨着这个刚听到的名字，一边

1　西班牙著名作家、哲学家，"九八年一代"的代表作家，20世纪西班牙文学重要人物之一。乌纳穆诺由于对当时西班牙现实极度不满，曾主张"欧化"，否定西班牙的一切；后又主张探索西班牙的灵魂，肯定西班牙的一切。他思想中充满矛盾，无论国王、独裁者或共和国，无论法西斯主义或马克思主义，都曾被他加以抨击。

仰头，心怀敬意地端详着石像的脸。雕像的双眼半睁，从中射出犀利的目光，似乎他的思想绝不会受到任何人的左右。

"你知道他很喜欢你的祖先，还研究过他的事迹。假如活在那个时代，他也许会骑在名叫戴普而非桑丘的骡子上跟堂吉诃德一起冒险。听到他的死讯，很多神父都长舒了一口气。说不定连罗马教皇都觉得心情舒畅了。当然，佛朗哥将军也会开心，前提是他足够聪明，认识到自己敌人的强大。从某种意义来说，他也是我的敌人，因为他和我都对上帝半信半疑，所以导致我在教会里多耽搁了好几年。"

"你现在终于找到了让你全心投入的信仰，不是吗？从此笃信先知马克思。再也不用动脑思考了，按照以赛亚[1]的说法，你处在未来历史的掌握中。如此的你，必定是喜乐的，你从此只缺少一样东西——绝望。"吉诃德神父说这番话时，莫名其妙火大起来，难道他在嫉妒桑丘？

"全心投入？"桑丘自问自答，"有时我也不确定。我总觉得我的老师阴魂不散。我曾梦见坐在他的课堂上，他在给我们读他的一本书。我听见他说，'信仰者隐隐约约听到一个声音，那是怀疑的声音。谁知道呢？如果没有怀疑，那我们该怎么活？'"

"这是他写的？"

"是的。"

两人回到"罗西纳特"里。

1　《圣经·旧约》中的人物，《以赛亚书》的作者，公元前 8 世纪的犹太先知。

"我们现在去哪儿，桑丘？"

"去公墓。你会发现他的墓和大元帅的墓完全不同。"

公墓位于城市最外围，通向那里的道路颠簸不平——行驶在这样的路上真够一辆灵车受的。听着"罗西纳特"换挡时发出的低吼，吉诃德神父暗想，死者在到达安息之地之前可要受一番罪了。但他很快发现，刚离世的人要想在公墓找到安息之地，简直是天方夜谭——公墓已经被几个世纪的名人完全占领了。像博物馆或饭馆的衣帽间一样，他们先在公墓门前被分配了一个号码，随后沿着白色长墙向前走，墙内放置着装有遗体的棺材，两人一直走到 340 号墓前。

"和大元帅的那座山相比，我更喜欢这个风格，"桑丘道，"孤身一人，小床更容易入睡。"

两人回到车前，桑丘问道："你刚才祈祷了吗？"

"当然祈祷了。"

"与为大元帅祈祷的内容一样吗？"

"为所有死去之人的祈祷都是一样的。"

"这么说，你也会为斯大林祈祷？"

"当然。"

"希特勒也不例外？"

"人类以等级区分恶，桑丘，对善亦如此。对活着的人，我们可以这样划分，人死就不要追究了。他们都需要我们的祈祷，谁都不例外。"

VII

吉诃德教士是如何在萨拉曼卡增长见闻的

两人抵达萨拉曼卡，入住的酒店位于略显阴暗的背街上，店内安静，让人有种宾至如归的感觉，至少吉诃德神父觉得如此。桑丘的房间位于一楼，吉诃德神父则被安排到了三楼。"三楼清净一些。"酒店的女管家如此说道。吉诃德神父住过的酒店屈指可数，这家店有几点让他感到特别满意。待两人独处时，吉诃德神父坐在桑丘房间的床上，忍不住对桑丘道：

"酒店的女管家真是好客，不像马德里那个可怜的老妇人。这家店虽然小，却有那么多迷人的年轻姑娘。"

"大学城，"桑丘道，"总是会有很多客人。"

"酒店特别干净。你注意到了吗，从一楼到三楼的所有房间外都摆着一堆床单。每天午睡后他们肯定都会更换床单。另外，我还喜欢那天进店时感受到的家庭气氛——大家早早围坐在桌旁吃晚餐，女管家坐在首位，为每个人分汤。说真的，瞧着真像是母亲和自己的女儿们。"

"没想到会遇到教士，女管家对此感到不胜荣幸。"

"你注意到了吗？她竟然忘了让我们填登记表。她只在乎我们是否感觉舒适。我觉得这真让人感动。"

这时，门外传来敲门声。一个女孩走进房间，给他们拿来一个冰桶，桶里面冰着一瓶香槟。女孩瞧见吉诃德神父，慌张地一笑，连忙退出了房间。

"这是你点的酒吗，桑丘？"

"不，不是。我不喜欢香槟。这是这里的传统。"

"也许我们该喝一点，以表达我们对她们善意之举的感激。"

"哦，酒会算在账单里的。善意是要花钱的。"

"别冷嘲热讽了，桑丘。刚才那女孩的笑容多甜啊。那样的笑容多少钱都买不来。"

"好吧，既然你喜欢，我就打开。这酒的味道赶不上我们的马拉加葡萄酒。"桑丘的大拇指和瓶塞较起了劲，他转过身，背对吉诃德神父，担心瓶塞飞出来射到吉诃德神父。借此机会，神父在桑丘的房间里巡视了一圈。

他说道："真不错。这儿还有个洗脚盆。"

"你说什么呢，什么洗脚盆？这该死的瓶塞拔不出来。"

"你床上有本马克思的小册子。可以借给我睡前读读吗？"

"当然可以。那就是我曾向你推荐的《共产党宣言》。比《资本论》更容易读懂。我觉得她们根本不打算让我们喝香槟。这该死的瓶塞怎么也不肯出来，却还照样收费。"

吉诃德神父经常对一些小事饶有兴趣。在忏悔室里，他总问些无关紧要，甚至与忏悔毫无关联的问题。此刻，他忍不住拆开桑丘床头柜上的方形小信封，这个信封让他想起小时候，母亲有时会为他准备一封小信，让他在睡前阅读。

嘭的一声，瓶塞弹出直射在对面墙上，香槟酒如喷泉一般，直接喷到了杯子外面。桑丘一边转身一边咒骂道，"你到底在做什么，神父？"

吉诃德神父正在吹一个香肠形状的气球。他用手指捏紧气球的进气口。"你是怎么向里面吹气的？"吉诃德神父纳闷道，"肯定有什么气嘴一类的东西吧？"神父继续对气球吹气，结果气球爆炸了，响声虽然不及刚才瓶塞发出的动静大，但更刺耳。"噢，亲爱的，真对不起，桑丘，我不是有意要搞坏你的气球。这是你给孩子的礼物吗？"

"你错了，神父，这是给刚才为我们拿香槟的那个女孩的礼物。别担心。我还有几个备用的。"桑丘有点恼火，"你从没见过避孕套吗？没错，我猜你从没见过。"

"我不明白。什么避孕套？这东西这么大，怎么用？"

"如果你不吹气，它没那么大。"

吉诃德神父闻言一屁股跌坐在桑丘的床上，问道："桑丘，你带我来的到底是什么地方？"

"我上学时就知道这地方。它现在竟然还在，真是太神奇了，而且比独裁时期还稳定。战争，甚至连内战都没影响到它。"

"你真不该带我到这儿来。身为神父……"

"别担心，不会打扰你的。我已经向酒店女管家解释过了。她完全理解。"

"但是，为什么？桑丘，你要给我一个理由。"

"我觉得我们最好躲过酒店登记，起码躲过今晚。那些国民卫兵们……"

"所以我们就躲在妓院里……"

"没错。你可以这么理解。"

吉诃德神父突然发出一阵让人意想不到的声音，那是一声哽咽的大笑。

桑丘道："我还从没听你大笑过，神父。什么事让你觉得这么好笑？"

"对不起。我笑得真不是时候。但我刚才在想：如果这事被主教知道了，他会怎么说？教士进了妓院。好吧，为什么不呢？耶稣也和税吏与罪人打交道。但我最好还是上楼去，锁上房门。亲爱的桑丘，你要谨慎，三思而行啊。"

"那个你所谓气球的东西就是为了谨慎。说到谨慎，我猜黑里贝特·约恩神父会认为，我用这个东西可以阻止淫乱。"

"别说了，桑丘，别跟我说这种事。这是隐私，是你的私事，除非你想向我忏悔。"

"如果我明早向你忏悔，神父，你会如何告解我？"

"那才稀奇了，不过我在埃尔托沃索镇很少听到这种忏悔，不是吗？估计大家都怕跟我交心，因为我们天天见面。你知道的——哦，你不知道——我非常不喜欢吃西红柿。假如黑里贝特·约恩神父在书中写道，吃西红柿是道德败坏，然后隔壁的老妇人到教堂忏悔，说她吃了西红柿，我该如何为她告解？我又没吃过西红柿，怎么能知道她的罪过到底有多重？只有破戒，只有那样才……这是不可回避的问题。"

"你在回避我的问题，神父，你会如何为我告解……"

"或许我会说声，上帝啊，万福玛利亚。"

"就这么一句？"

"恰到好处，一句足以抵得上一百句不过脑的话。数量没有意义。我们又不是在商店做生意。"说完这话，神父猛地从床上站了起来。

"神父，你去哪儿？"

"我去睡觉，睡前读读先知马克思的书。桑丘，我本想和你道声晚安的，但我怀疑你的晚安和我要表达的完全不同。"

VIII

吉诃德教士是如何在巴利亚多利德遇见怪人的

桑丘闷闷不乐，这点显而易见。离开萨拉曼卡，去哪儿？对这个问题，桑丘竟然不愿意给出任何建议。在他年轻时的酒店度过的一晚仿佛让桑丘变得郁郁寡欢起来。人到中年，试图挽留逝去的青春，总是件特别危险的事，但镇长的苦闷也许另有原因：吉诃德神父今天态度反常，一副兴高采烈的样子，这令桑丘感到讨厌。接下来去哪儿？总得有个合情合理的目的地，于是吉诃德神父提议去巴利亚多利德，去瞧瞧伟大传记作家塞万提斯撰写他祖先事迹的住处。"除非，"神父犹豫道，"你觉得路上会碰到更多风车。"

"他们有更重要的事忙，顾不上我们了。"

"此话怎讲？"

"你没看今天的报纸吗？马德里有个将军遇刺了。"

"谁干的？"

"过去他们总把帽子扣在共产党头上。谢天谢地，现在都是巴斯克人和埃塔[1]背黑锅。"

"愿他的灵魂得以安息。"吉诃德神父道。

---

1 全称为"巴斯克祖国与自由"（Euskadi Ta Askatasuna，缩写为ETA），西班牙巴斯克民族分裂组织。

"你不需要可怜一位将军。"

"我不可怜他。我从不可怜死去的人。我嫉妒他们。"

桑丘依旧闷闷不乐，车子开了二十公里只开过一次口，还是和吉诃德神父拌嘴。"别憋着了，干吗不把心里想的说出来？"

"我想什么了？"

"当然是昨晚的事。"

"哦，你说那事，午餐时我会跟你谈的。你借给我的马克思的书非常棒。马克思本质上是个大好人，我说的没错吧？他写的一些东西着实让我大吃一惊，而且没有枯燥无味的经济学。"

"我说的不是马克思。我说的是我。"

"你怎么了？我希望你昨晚睡得还好。"

"你心里很清楚，我根本没睡。"

"我亲爱的桑丘，你不是想说，你一晚没合眼吧？"

"当然不是一整夜。但基本没睡。你知道我在做什么。"

"我完全不清楚。"

"我已经跟你说得很明白了。在你上楼睡觉之前。"

"哈，桑丘，因为我的工作，我习惯忘记别人告诉我的事。"

"我们谈话时并不在忏悔室。"

"你说得没错，但作为一名神父，把听到的都当作忏悔，会活得更轻松。别人对我说的，我从不告诉其他人，如果可以，我也不会再去想。"

桑丘哼了一声之后，就不再出声了。吉诃德神父觉得同伴看上去有些失望，这让他心里不免感到一丝愧疚。

车子驶过马约尔广场，来到一家名为巴伦西亚的餐馆。坐在酒吧后面的小露台上喝着白葡萄酒时，神父才觉得心里舒服了一些。神父对他们第一次拜访塞万提斯故居感到满意，虽然参观花费了五十比塞塔（神父心里暗想，要是当时在入口处报上自己的大名，说不定可以免费参观）。故居内的几件家具确实属于那位传记作家，另外还有一封塞万提斯写给国王的亲笔信，那封关于油税的信就挂在白灰墙上。瞧着那面墙，神父想起在那个恐怖的夜晚，当鲜血直流的卡斯帕先生被抬进房间，塞万提斯因此受诬入狱[1]时，白墙上洒满血迹的样子。"当然，他被保释出来了，"吉诃德神父向桑丘介绍道，"塞万提斯顶着被诬告的压力，继续记录我祖先的事迹。有时我想，当他写到你的祖先成为小岛总督，命令一位年轻人在监狱睡一晚上，年轻人回复他'你没有足够的权力强迫我在监狱睡觉'时，塞万提斯是否会想起那个恐怖的夜晚。塞万提斯老人之所以这样写，也许是对审判他的法官的回应。'即使你下令将我关进监狱，锁上镣铐，关进牢房，如果我不想睡，你也无权强迫我。'"

"这种事难不倒现在的国民卫兵，"桑丘道，"他们只需给你一枪，就可以让你睡觉了。"随后又嘟囔了一句，"我需要睡一会儿。"

"哈，桑丘，但你的祖先是个善良人，他放了那个年轻人。法官也放了塞万提斯。"

吉诃德神父坐在露台上，杯中的白葡萄酒被阳光勾上了一圈金线。他又想起了马克思，于是说道："你知道吗，我觉得我祖先和马克思会谈得来。可怜的马克思——他也有令他缅怀的骑士小说。"

"马克思关注的是未来。"

1　塞万提斯曾好心救助别人，却因为被救助的人死在他家里而入狱。

"是的，不过他总是为过去——想象中的过去而感伤。你听这段，桑丘，"吉诃德神父从口袋里掏出《共产党宣言》，"'资产阶级终结了所有封建的、族长的、田园式的关系……用冰冷自私的算计湮灭了宗教狂热和骑士崇拜产生的最神圣的愉悦。'这听起来是不是颇有我祖先哀叹旧时代的风范？我小时候仔细读过祖先的话，虽然记忆有些模糊，但还记得。'如今，勤劳肯干输给了游手好闲，高风亮节比不过蝇营狗苟，英勇善战不如厚颜无耻，真枪实弹被纸上谈兵取代，前者只有在如高卢的阿玛迪斯、英格兰的帕尔梅林和罗兰[1]那样流浪骑士的黄金年代才得以一见。'再好好读读《共产党宣言》，你会发现，马克思是我祖先的真正信徒，这点无可否认。'所有迅速成型的固定关系，及其古老而久远的偏见与观点，都被一扫而光，而一切新兴关系还没被人们所接受就已经过时了。'他是真正的先知，桑丘。他甚至预见了斯大林的出现。'一切固有之物都将消融于空气之中，所有圣洁都将被亵渎……'"

在露台用餐的男子刚把叉子举到嘴边，突然停下了。男子瞧见桑丘投过去的目光，马上又低头，急匆匆吃了起来。桑丘道："我希望你小点声，神父。你这么大声，像在教堂唱咏叹调。"

"他书中使用了大量宗教用语，你在《圣经》和神学书里都找不到这么多。读马克思的这些话就应该用咏叹调……'热爱宗教和崇拜骑士产生的最神圣的迷恋。'"

"神父，尽管佛朗哥死了，不过还请你小心点。坐在那边的男

1　阿玛迪斯、帕尔梅林和罗兰均为著名骑士小说中的主人公。

人能听到你说的每个字。"

"当然，与所有先知一样，马克思也犯了错。这点甚至连圣保罗也不可避免。"

"我讨厌那个男人的公文包。那是政府用的公文包。打老远我就能嗅到秘密警察的气味。"

"我给你读读我认为他犯的最大的错误。这是他的其他错误的源头。"

"上帝啊，神父。如果你必须读，请小点声。"

为了让镇长满意，吉诃德神父故意压低音量，桑丘必须倾身贴近神父才听得到他说什么，这让两人看起来更像在鬼鬼祟祟地密谋。"'无产阶级身无分文。无产阶级与妻子和儿女的关系与资产阶级的家庭关系再不相同。现代工业劳动剥夺了无产阶级全部的国民性。'在写这段话时，他也许是对的，桑丘，但世界的发展与他预想的完全不同。再听听这段：'现代劳动者的地位，不但没随工业的发展而崛起，反而每况愈下，低于自己所属的阶级之下，变成了穷人。'你知道吗，几年前，我和一位神父朋友度假——天啊，喝了一两杯酒我竟然把他名字忘了。他在布拉瓦海岸有个教区（那时"罗西纳特"还年轻），我在那里瞧见了马克思所谓的英国穷人，他们躺在沙滩上晒太阳。至于所谓的丧失国民性，他们甚至威胁当地人开了他们所谓的炸鱼薯条店——否则他们就离开这儿，去别的地方消费，去法国或葡萄牙。"

"哦，英国人，"桑丘道，"别提那些英国人，他们从不守规矩，连经济规律都置之不理。俄罗斯无产阶级也不是穷人。马克思和俄罗斯人给世界上了一课。俄罗斯的无产阶级在克里米亚度假，所有花费都有人掏腰包。那里的生活像布拉瓦海岸一样美好。"

"我在布拉瓦海岸看到的无产阶级度假要自己掏腰包。桑丘，现在要想看穷人，只能去第三世界国家。但现在这种情形并不是共产主义胜利的结果。你不觉得，即使没有共产主义，这种事也会发生吗？因为在马克思写此书时，这种情况就已经开始出现，只是他没察觉。所以要想推广共产主义就必须借助武力，不光针对资产阶级，还要针对无产阶级。穷人成了资产阶级，不是因为共产主义，而是人性使然，而在人性背后，你总能找到宗教信仰的影子——信上帝或信马克思。现在，人人都是资产阶级。如果全世界人都变成资产阶级，对大家是坏事吗——除去像马克思和我祖先那样的梦想家？"

"你这么一说，未来会是美好的乌托邦，神父。"

"哦，你错了，人性和宗教仍旧摆脱不了民族主义和帝国主义。后两者是引发战争的根源。战争的爆发不仅仅是经济原因——它源于人类如同爱一般的感情。肤色或口音，还有不愉快的记忆都可以引发战争。所以我很开心拥有作为神父的短期记忆。"

"没想到你还研究政治。"

"不是研究。我们是老朋友了，桑丘，我想了解你。我总读不懂《资本论》。这本小书与众不同。写这本书的人是个好人，是像你一样的好人，可他也像你一样犯了错误。"

"时间会证明到底是对还是错。"

"时间证明不了。因为人类的生命太短暂了。"

那个带着公文包的男子放下刀叉，挥手示意结账。待账单送到面前，男子没细看就匆忙付了账。

"好了，"吉诃德神父道，"你现在可以松口气了，桑丘，那个男的走了。"

"希望他别带警察回来。我瞧见他走时仔细观察了你的'围嘴'。"

吉诃德神父终于不用再压着嗓子，可以自由说话了。"当然，"神父说道，"也许是因为我读了太多圣方济各和圣十字若望的书，我觉得马克思挺可怜的。他对资产阶级偶尔的羡慕有点不切实际。"

"羡慕资产阶级？你到底在胡说什么？"

"当然，经济学家看问题的角度必然是基于物质的，我承认我可能太注重精神层面了。"

"可他恨资产阶级。"

"哦，我们所说的恨通常是爱的另一种表现。那个可怜的家伙可能因爱而不得，进而生恨。桑丘，你听这段。'资产阶级仅仅统治了一百年，这期间所创造的巨大生产力却比过去所有世代的总和还多。人类掌握了可以支配自然的力量，制造机器，将化学应用于工业和农业，利用蒸汽的力量航海，建造铁路，发明电报，开垦整个大陆，开凿运河，像是从地底下变出来大量的人口……'读到这儿你几乎要为资产阶级感到自豪了，不是吗？如果马克思成为某个殖民地的总督，那会取得多么伟大的成就。如果西班牙能有如此人物，我们也许就不会失去我们的国王了。可怜啊，他住在伦敦贫困区的旅馆里，只能委曲求全，忍受拥挤，靠向朋友借钱度日。"

"神父，你看马克思的角度很奇怪。"

"尽管他捍卫修士的利益，但我以前对他有偏见，而且从没读过这本小册子。第一次读某人著作的感觉很奇特，好像初恋。我多希望能再次偶遇圣保罗的书，重新体会第一次读的心情。桑丘，愿意的话，我推荐你读读我那些你所谓的骑士小说，那样你就会理解我的心情了。"

"我会觉得你的品味很荒谬，就像塞万提斯认为你祖先很荒谬一样。"

虽然两人拌着嘴，可用餐的气氛依然是愉快的。待第二瓶酒下肚之后，两人一致同意向莱昂进发，等到了那里再决定下一个目的地，或许可以通过掷骰子定夺是向东直奔巴斯克，还是转而西行去加利西亚。两人挽着胳膊离开巴伦西亚餐馆，向停着的"罗西纳特"走去，吉诃德神父忽然感到胳膊一沉。

"怎么了，桑丘？"

"秘密警察，正跟着我们。别说话。碰到第一个路口就拐弯。"

"可'罗西纳特'停在前面的街上。"

"他想知道我们的车牌。"

"你怎么知道他是秘密警察？"

"因为他的公文包。"桑丘答道。当两人转过第一个路口，吉诃德神父回过头，情况果然如桑丘所说，刚用餐的那个男人正跟在他们身后，手里提着令人胆寒、代表其职业的公文包。

"别再回头了，"桑丘道，"我们要让他以为我们还被蒙在鼓里。"

"怎么摆脱他？"

"找个酒吧，点杯喝的。他会守在酒吧外面。我们从酒吧后门溜走，甩掉他，然后再去找'罗西纳特'。"

"要是酒吧没有后门呢？"

"那只能换家酒吧了。"

第一家酒吧果然没有后门。桑丘点了杯白兰地，吉诃德神父出于谨慎点了咖啡。两人离开酒吧时，那个男子还在，距离他们不过二十码，正瞧着商店的橱窗。

"作为秘密警察，他也太不会隐蔽自己了。"两人向街头另一家酒吧走去时，吉诃德神父说道。

"那是他们的小把戏之一，"桑丘道，"意图制造紧张气氛。"镇长带着吉诃德神父走进第二家酒吧，又点了杯白兰地。

"再喝咖啡，"吉诃德神父道，"我今晚就别想睡觉了。"

"那来点奎宁水。"

"奎宁水是什么东西？"

"加了奎宁的矿泉水。"

"没有酒精？"

"没有，没有。"随着白兰地下肚，桑丘恨不得施展一下自己的拳脚功夫。"我真想把那家伙狠揍一顿，但他可能带着枪。"

"奎宁水真好喝，"吉诃德神父道，"我怎么从来没喝过这东西？我甚至都可以抛弃酒了。在埃尔托沃索镇能买到这东西吗？"

"不知道。估计买不到。如果他把枪放在公文包里，我也许可以抢在他拔枪之前打倒他。"

"你知道吗，我觉得我得再喝一杯。"

"我先去找后门了。"桑丘道,说完人就消失了。吉诃德神父发现酒吧里似乎只剩下他一个人了。此刻正值午睡时间,天花板上转动的风扇几乎无法为酒吧降温,一丝凉风过后,总会有一股更猛烈的热浪扑面而来。吉诃德神父喝光奎宁水,赶紧又要了一杯,想赶在桑丘回来之前喝掉。

突然,他听到身后有人小声说了一句"教士阁下"。神父回过身,那个男人正站在他身后,手里提着公文包。此人体型瘦小,一身黑色西服,打着一条和公文包相配的黑色领带。他戴着银边眼镜,深色的双眼目光敏锐,薄嘴唇紧闭。吉诃德神父心中暗道不妙,这人可能是厄运的信使,说不定就是宗教法庭的大法官本人。要是桑丘此刻在身边就好了……"你想干什么?"吉诃德神父本想装出坚强、毫不畏惧的样子,可奎宁水的气泡却不争气地涌上来,让他打了个嗝。

"我想和你单独谈谈。"

"我现在就是一个人。"

男子对着神父身后的酒保努努头,道:"我是认真的。这里不能说。请跟我穿过后面的那扇门。"

但酒吧后面有两扇门。吉诃德神父真希望自己知道桑丘走的是哪个门。"进右边的门。"男子命令道。吉诃德神父依言而行,进了门,眼前出现一条不长的通道,然后再次出现两扇门。"穿过通道。进第一个门。"

吉诃德神父发现进到的是一个卫生间。借助洗手池旁的镜子,吉诃德神父发现男子正在拨弄公文包的锁扣。难道他在掏枪?他要对着我的后脖子开枪了？神父连忙低声念起痛悔短祷[1]："哦，上帝，我有罪，请您宽恕我的所有罪……"

"教士阁下。"

"在，我的朋友。"吉诃德神父瞧着镜中的男子答道。如果自己就要中弹而亡，他更希望是后脖中弹而不是脸，因为脸是上帝真容在人间的分身。

"我想向你忏悔。"

吉诃德神父又打了个嗝。卫生间的门突然开了，桑丘往里瞅了一眼。"吉诃德神父！"他大喊道。

"走开，"吉诃德神父道，"他正在向我忏悔。"

吉诃德神父转过身，瞧着眼前的陌生人，努力整了整行头。"这真不是个适合忏悔的地方。你为什么找我，而不向你自己的神父忏悔？"

"我刚刚埋葬了他，"男子答道，"我是一个殡葬人。"他打开公文包，掏出一个大铜把手。

吉诃德神父道："这儿不是我的教区。我没有权力。"

"高级教士可以不受限制。我在餐馆见到您时，我就想'我要抓住这个机会'。"

吉诃德神父道："我刚刚升为高级教士。你确定规定是这样说的吗？"

"不管怎样，在紧急时刻，任何神职人员……现在正是紧急

---

1 天主教的一种忏悔祷告，用于礼拜仪式或私下场合，尤其是对自我良心的反省。

时刻。"

"可巴利亚多利德有很多神父。你去任何一座教堂都可以……"

"神父，你的眼神让我觉得你能理解我。"

"理解什么？"男子语速飞快地嘟囔着痛悔短祷，但起码他念的没错。吉诃德神父有些不知所措。他从没在这种环境下听人忏悔过。他总是坐在那个像棺材一样的忏悔室里……吉诃德神父几乎下意识地走进了屋内唯一可用的隔间，坐在扣上盖子的马桶上。陌生男子刚要跪下，神父马上制止了对方，因为地面实在不干净。"不用跪下，"神父道，"站着就好。"男子伸出那只大大的铜把手，忏悔道："我有罪，我请求上帝通过神父，我是说教士阁下，宽恕我。"

"在这里我不是教士，"吉诃德神父道，"忏悔不分职位高低。你做了什么错事？"

"这个把手是我偷的，我还偷了另外一个类似的把手。"

"你必须将它们物归原主。"

"这东西的主人已经死了。我今天早上刚埋葬了他。"

吉诃德神父抬起一只手遮住双眼，这是惯例，为了保密，但那张面色深沉、狡猾的脸却深深印在他的脑海里。吉诃德神父比较钟意果断、简单、具有高度概括性的忏悔。例如，我和人通奸，我没有尽复活节的义务，我玷污了纯洁……面对这样的忏悔，他几乎只需问一个简单的问题：这种事你做过多少次？可他从没碰到过偷铜把手这种罪过。况且这东西并不值几个钱。

"你应当将把手还给物主的后人。"

"冈萨雷斯神父没有后人。"

"这是什么把手？你什么时候偷的？"

"这些把手已经被我卖掉了，但我又把它们从棺材里拿了出来，这样就可以再卖。"

"你总这么做吗？"吉诃德神父按捺不住对此事的兴趣了，这是他在听人忏悔时常犯的错误。

"哦，这很常见。我的所有竞争对手都这么做。"

吉诃德神父不知道黑里贝特·约恩神父会如何看待此事，他绝对会将此事定性为违法事件，此项罪过还包括通奸。但吉诃德神父依稀记得，偷盗的罪过程度要由所偷物品的价值来决定：如果被盗之物的价值相当于物主月收入的七分之一，就必须严肃对待。如果失主是百万富翁，那就算不上罪过了——起码不算违法。冈萨雷斯神父每月的收入是多少？如果只是死后才拥有这些把手，那他算得上真正的失主吗？而棺材的主人应该是其葬身之处——大地。

吉诃德神父继续发问——更多是为了替自己争取思考时间——"你之前做这事时忏悔过吗？"

"没有，我刚才说了，教士，这是此行业默认的行规。没错，铜把手另外收费，但只是租赁费，租到葬礼结束为止。"

"既然如此，为什么还要向我忏悔？"

"也许我过于敏感了，教士，但我在埋葬冈萨雷斯神父时，感觉有点异样。冈萨雷斯神父对这些铜把手颇感自豪。你瞧，这说明他在教区是受人敬重的，因为把手是教区出的钱。"

"你也上交十一奉献[1]吗？"

---

1 信徒将自己收入的十分之一上交教会以维持教会的运作，此为自愿捐献，非强迫性。

"是的，当然。我很喜欢冈萨雷斯神父。"

"换句话说，你在偷自己的钱？"

"不是偷，教士阁下。"

"说了不要叫我教士。你说这不是偷，是默认的行规，同行们都将把手拿走……"

"是的。"

"那你为什么还会感到心里不安？"

男子做了个手势，意思是说他也不知该如何解释。吉诃德神父扪心自问：自己到底有多少次像他一样不知道为何而内疚？有时，他真嫉妒某些人的果断，有自己的原则，比如黑里贝特·约恩神父、自己的主教，甚至教皇。可他却像活在迷雾里，跌跌撞撞，找不到一条明路……神父道："不要再为这种小事烦心了。回家好好睡一觉。也许你偷……你觉得上帝在乎这芝麻大的事儿吗？他创造了整个宇宙，我们甚至都搞不清这个宇宙中有多少颗恒星、行星和世界。你不过拿了两个铜把手，别小题大做。说声抱歉消除心里的不安，然后回家去吧。"

男子道："但请……赦免我的罪。"

吉诃德神父觉得完全没必要，但迫不得已，只好嘟囔了一番例行公事的话。男子将铜把手放进公文包，锁好，然后闪开身子，为吉诃德神父让出一条出路。坐在马桶上的吉诃德神父感到有些疲惫，他寻思：我说得并不妥当。为什么我总说得不够好？这个男人需要我的帮助，我却只对他例行公事。愿上帝宽恕我。在我弥留之际，是不是某人也只会为我例行公事？

片刻之后，吉诃德神父返回了酒吧。桑丘正一边喝着第二杯白兰地，一边等他。

"你到底在里面忙什么？"

"做我的本职工作。"吉诃德神父答道。

"在卫生间里？"

"卫生间、监狱或是教堂，有什么区别吗？"

"把那个人打发了吗？"

吉诃德神父道："我想是的。我有点累了，桑丘。我知道我不该放纵自己，但能让我再喝杯奎宁水吗？"

IX

吉诃德教士是如何看了一场奇怪电影的

出乎两人意料，他们不得不在巴利亚多利德多逗留一段时间。"罗西纳特"坚持不肯上路，他们只好将它送到修理部检查。

"这个神奇的小家伙，"吉诃德神父道，"可怜她昨天跑了很远的路。"

"很远！我们离萨拉曼卡还不到一百二十公里。"

"她往常只跑十公里，只是去合作社买酒。"

"正是因为这样，我们才决定不去罗马和莫斯科的。让我说，你把她惯坏了。汽车就像女人，绝不能宠着。"

"她已经上了年纪，桑丘。说不定她比我们岁数还大。不管怎样，若不是多亏她……我们能从萨拉曼卡走到这儿吗？"

"罗西纳特"的诊断必须等到明天早上才能出结果，于是桑丘提议去看场电影。吉诃德神父犹豫了一下，最终同意了。曾有段时间，神职人员是被禁止观看表演的，虽然此规定中并未涉及电影，因为那时电影还没问世，但在吉诃德神父印象中，电影一直是个危险的东西。

"我从来没去过电影院。"他对桑丘道。

"如果你想让世人都信耶稣，你就必须了解世人。"桑丘道。

"如果我把你所谓的围嘴摘掉，你不会认为我是个伪君子吧？"吉诃德神父问道。

"电影院里黑漆漆的，什么颜色也看不出来，"桑丘道，"不过，如果你想就摘掉吧。"

吉诃德神父斟酌了一下，没摘"围嘴"。这样显得更诚实。他不想让人指责他虚伪。

两人走进一家小影院，影院正在上映《少女的祈祷》。如果说影片的标题有多吸引吉诃德神父，它就让桑丘感到多讨厌，他觉得自己铁定会度过一个极其无聊，极其虔诚的夜晚。

可是，桑丘错了。虽然这部电影不是名作，却让他看得津津有味。看的过程中，他有些惴惴不安，他不知道吉诃德神父会对此电影作何反应，因为电影表达的显然不是纯情少女，他没注意到影院外的电影海报上标有"成人片"这几个字。

原来，少女祈祷得到的是一位英俊潇洒的小伙子，小伙子与几位年轻女孩的恋情无一例外都以上床告终，过于单调，毫无新意。每到这时，镜头就发虚，让观看的人摸不着头脑，分不清屏幕上的腿到底是谁的，镜头总能巧妙避开区分男女的部位。谁在谁上面，是男还是女？谁在亲吻谁，在亲吻哪个部位？每到这时，偏偏还没有对话给人指点迷津：只听到粗粗的喘气声和偶尔发出的低吼或尖叫声，仅凭这点动静根本分辨不出男女。更糟糕的是，影片显然是为小屏幕播放拍摄的（也许是用作家庭放映），被影院大银幕放大之后，画面看起来愈发抽象。连桑丘都觉得意兴阑珊：他喜欢更加直白的情色场面，而这部影片却让他很难与留着光亮黑发和络腮胡的男主角产生共鸣。瞧上去，电影里的男主角就是经常出现在电视上，做男性除臭剂广告的模特，起码桑丘是这么认为的。

影片的结局绝对大煞风景。小伙子最终爱上了拒绝他的女孩。他们举行了教堂婚礼，在神坛前纯洁献出了一吻，当新郎将戒指套上新娘的手指，镜头一转，又出现了床上四脚纠缠的画面。桑丘觉得这可能因为电影缺乏资金，所以用之前看不清腿的画面来充数，但也许导演别有用心，是充满智慧的嘲讽也说不定。待影片结束，电影院的灯亮起来时，吉诃德神父赞叹道："真是太有趣了，桑丘。这就是所谓的电影啊。"

"这称不上太好的电影。"

"他们可做了不少运动。演员肯定累死了。"

"他们只是在模仿，神父。"

"你说什么，模仿？模仿什么？"

"当然是性爱。"

"噢，这就是性爱。我一直以为性爱要比刚才看到的更简单，更快乐。他们看起来似乎很痛苦，听听发出的那些声音。"

"他们在假装快乐得无法自已，那是表演，神父。"

"看上去可不像快乐，也许他们演技太差了。他们只在表现痛苦。而且我连一个'气球'也没看见，桑丘。"

"我还担心你会感到震惊，神父，这可是你自己选的电影。"

"我知道。我是根据电影片名选的。但我不明白，电影的片名和我们看到的有什么关系。"

"我猜少女祈祷的内容是找到所爱的英俊男子。"

"又是爱这个词。我不相信圣马丁会为这种爱祈祷。不管怎样，观众的沉默着实让我印象深刻。他们如此严肃，吓得我都不敢笑出声来。"

"你想笑？"

"是的。想不笑都难，可我不想冒犯严肃的人。关键不在于笑，在于那样做会愚蠢地伤害别人。也许他们看到的和我不同，他们可能看到了美。不管怎样，我当时盼着有人乐出声来，甚至希望你，桑丘，希望你笑出声来，那样我就可以笑了。我害怕打破当时安静的气氛，那种安静中透着神圣。当我在教堂举起圣餐面包时，如果有人笑，我会感到很受伤。"

"如果教堂里所有人都笑呢？"

"哈，那就完全不同了。那样我会想——肯定是我做错了什么——我听到的是欢乐的笑声。而一个人笑往往代表此人优于其他人，只有他看到了笑点。"

当天晚上，吉诃德神父躺在床上，手中翻开圣方济各的书，心里却对电影里的情爱镜头无法释怀——他除了想笑，没有其他感觉，这让他感到惶恐。他一直坚信，人类之爱属于天主之爱的范畴，尽管其代表的是最微不足道，最不值一提的爱，但那些动作、低吼和尖叫却让他想放声大笑……神父纳闷，难道我体会不到人性之爱？若是这样，我必定也无法体会天主之爱。这个恐怖的问题让神父的心灵不堪重负，心中充满了恐惧。急需慰藉的神父想从桑丘所谓的骑士小说中寻求安慰，却又想起堂吉诃德在弥留之际，最终抛弃了他的骑士小说。也许，在自己大限之日那天，他也会重蹈覆辙的……

神父随手翻开《天主之爱》，可维吉尔卦一点也无法让他心安。他拿起书又放下，如此反复了三次，终于发现一段貌似与影片有关的话。可这段话不但没有化解心烦，反而加重了他的恐惧，他怀疑自己或许没能力去爱，甚至都比不上一块铁。"铁对磐石充满了同情，磐石刚一碰到它，它就转向磐石，因为沾沾自喜而轻摇、颤抖、微微跳动，随即向着磐石迎去，用尽一切办法，努力想和它紧紧连在一起。"接下来的问句像一把尖刀插进了神父的胸膛。"这块没有生命的石头将鲜活之爱表现得淋漓尽致，难道你看不见吗？"哦，没错，神父暗道，我确实看到了很多跳动，但没体会到鲜活的爱。

第二天出发时，那个可怕的问句依然在折磨吉诃德神父的心灵。"罗西纳特"经过休养之后，表现异常活跃，车速达到每小时四十甚至四十五公里，都没有丝毫怨言。"罗西纳特"之所以跑得这么快，是因为开车的吉诃德神父正陷入愁苦的沉思之中。"你怎么了？"桑丘问道，"你今天又变成'忧容教士'了。"

"我有时想，愿上帝宽恕我，"吉诃德神父道，"我之所以被上帝选中是因为情欲从没烦扰过我。"

"梦里都没有吗？"

"没有，甚至梦里也没有。"

"你真走运。"

这是走运吗？神父暗自问自己，或许我才是最不走运的人？神父无法告诉坐在他身边的朋友，他此刻正在想什么——他对自己的诘问。既然我没受到诱惑，又如何去祈祷抵御邪恶呢？这样的祈祷根本毫无意义。默默无言的神父突然感到极度的孤独。车子正向莱昂驶去，神父觉得忏悔室及其所承载的秘密正在慢慢向四周扩张，漫过忏悔者，将他所在的车子，甚至手中的方向盘都包裹了起来。他默默祈祷道：哦，上帝，让我成为一个活生生的人吧，让我体会到诱惑。不要让我再铁石心肠了。

X

吉诃德教士是如何违法的

1

两人在去莱昂的路上，把车子停在曼西利亚德拉穆拉斯村河边的田地上，因为镇长宣称他就快要渴死了。河边有座人行桥恰好可以用来遮阳，于是两人将车停在阴凉处。口渴其实只是镇长的借口，吉诃德神父一路的沉默让他不堪重负。镇长觉得喝点酒也许能撬开吉诃德神父的嘴，他将系在绳上的马拉加葡萄酒沉入水中，惹得对岸的几头牛饶有兴趣地瞧着他。当镇长回到吉诃德神父身边，瞧见他低头盯着紫色袜子，一脸闷闷不乐。这种莫名其妙的沉默点燃了镇长心中的怒火，他再也忍不住了。"上帝啊，如果你发誓从此缄默，完全可以去布尔戈斯的加尔都西会[1]修道院，或者奥赛拉的特拉普派[2]修道院。选一个吧，教士阁下。"

"抱歉，桑丘，"吉诃德神父道，"我只是在想……"

"哦，我猜那必然过于高深玄妙，我这个马克思主义者根本无

1　1084 年由法国人圣布鲁诺创立，因创始于法国加尔都西山中而得名。该会以本笃会会规做蓝本，但更为严格。

2　天主教修会，严规熙笃会的俗称，遵守本笃会会规。

法理解。"

"不，不是的。"

"别忘了，神父，我祖先可是个优秀的总督。即使堂吉诃德凭着他全部的骑士精神和勇气也做不到他那么好。把岛交给他，他会管得一团糟，我是说真的，会乱七八糟。我的祖先做总督，好比托洛茨基指挥军队。他虽然没有作战经验，却让白党的将军成了手下败将。哦，我明白了，我们是唯物主义者，农民和马克思主义者。但不要因此瞧不起我们。"

"我什么时候瞧不起你了，桑丘？"

"哦，好吧，感谢上帝，你又开始说话了。我们把酒打开吧。"

沉在河水中的酒尚未冰透，可镇长急于要治好神父的沉默病。两人在友好沉默的气氛中，各自喝了两杯酒。

"还有奶酪吗，神父？"

"应该还有一点儿，我去瞧瞧。"

或许是因为奶酪不好找，吉诃德神父去了很久也没回来。镇长等得实在不耐烦了，刚站起身，恰好瞧见吉诃德神父一脸心神不宁地从桥下走出来，身边跟着一位国民卫兵。不知何故，吉诃德神父正对卫兵叽里咕噜说着拉丁语，这让镇长丈二和尚摸不着头脑，卫兵也一脸焦急。吉诃德神父说道："Esto mihi in Deum protectorem et in locum refugii[1]。"

"这位主教听上去是外国人。"卫兵对镇长道。

"他不是主教，是高级教士。"

1　拉丁文：愿你做我的上帝、保护者、避难所。

"桥下是你们的车吗？"

"是教士的车。"

"我对教士说，他应该把车锁上。他的车钥匙都没拔，还插在点火器上。这么做太不安全了。尤其在这儿附近。"

"这儿看起来好像很太平。连那些牛瞧上去都……"

"你们瞧见一个右腿有枪伤，粘着八字胡的男人吗？我猜他已经把胡子扔了。"

"没，没有，我们没见过那样的人。"

"Scio cui credidi[1]。"吉诃德神父插嘴道。

"教士是意大利人？"卫兵纳闷道，"教皇是个伟人。"

"你所言极是。"

"那人没戴帽子，也许没穿夹克。他穿了件条纹衬衫。"

"我们没见过你说的人。"

"他在萨莫拉被我们打中。我们差一点就抓到他。他是混到我们中间的。你们在这儿待了多久了？"

"大概十五分钟左右。"

"你们打哪儿来？"

"巴利亚多利德。"

"一路上没碰到什么人吗？"

"没有。"

"从时间上推断，他最多也就跑到这儿了。"

1　拉丁文：我知道。

"那人犯了什么事？"

"他在贝纳文特抢银行，开枪打中了收银员，然后开着本田汽车逃走了。在距这儿五公里的地方，我们找到了被那人丢弃的本田车。所以说不拔车钥匙，车也不锁，很不安全。"

"Laqueus contritus est，"吉诃德神父道，"et nos liberati sumus[1]。"

"教士在说什么？"

"我也听不懂。"镇长答道。

"你们这是要去莱昂？"

"是的。"

"小心点，别让陌生人搭车。"卫兵毕恭毕敬地向教士行了个礼，然后一脸警觉地离开了。

"你为什么对他说拉丁语？"镇长不解道。

"我觉得我应该这么做。"

"但是为什么……"

"我想尽可能不说谎，"吉诃德神父答道，"虽然按照黑里贝特·约恩神父的说法，谎言分为善恶两种，但即使善意的谎言我也不想说。"

"你有什么谎要说的？"

"机会总是不期而至——你也可以说是诱惑。"

镇长叹了口气。酒确实让吉诃德神父开口讲话了，可镇长现在有些后悔了，"你找到奶酪了吗？"

---

1 拉丁文：他躲过了围捕，我见到他了。

"真找到一大块，可我给他了。"

"给那个卫兵？为什么给……"

"不，不，当然是卫兵要找的那个人。"

"你是说你看见那个人了？"

"哦，是的，所以我害怕卫兵问我。"

"上帝啊，他现在人呢？"

"正躲在车后备箱里。正如卫兵所说的，后来我忘了拔车钥匙……车说不定会被人开走。不过，现在不用担心，危险解除了。"

镇长被这番话惊得目瞪口呆，愣了半天才缓过神来，追问道："那后备箱里的酒呢？"

"我们把酒搬到车后座上了。"

"感谢上帝，"镇长道，"多亏我在巴利亚多利德换了车牌。"

"你说什么，桑丘？"

"阿维拉的卫兵会上报你的车牌。你的车牌号现在应该已经被输入电脑了。"

"可我的驾驶证……"

"也换了新的。当然，这需要点时间。所以我们才在巴利亚多利德逗留了那么久。那儿的修理工是我的老朋友，也是党员。"

"桑丘，桑丘，我们这样要在监狱待几年？"

"还不及你私藏逃犯刑期的一半。你到底哪根筋不对？"

"他求我帮他。他说他是冤枉的，卫兵认错人了。"

"腿上的枪眼会认错？抢劫银行能认错？"

"就是你的上级斯大林来求我，我也会帮的。问题的关键在于为何这么做。如果斯大林向我忏悔，如实说出他的理由，我可能也会为他念十年的《玫瑰经》，埃尔托沃索镇还从没有人需要如此严苛的悔过。还记得我祖先释放船上奴隶之前说的那番话吗？'上帝有灵，惩恶赏善，夺取他人性命非高贵之人所为。'这是优秀基督徒的信条，桑丘。十年的《玫瑰经》——足够严格了。我们不是刽子手或法官。善良的撒马利亚人[1]并未追问受伤男子的过去，此人在受他恩惠之前曾落入强盗手中。说不定他是共和党人，强盗们只想拿回被他抢走的东西。"

"教士，你在这儿说话时，那个受伤的人可能因为缺氧被憋死了。"

两人急匆匆赶到车旁，镇长猜得果然没错，那人正饱受煎熬。假胡子因为出汗而脱落，挂在上嘴唇旁。亏得他身材矮小，只需蜷缩身体，就能轻松躲进"罗西纳特"狭小的后备箱里。

当他被放出来时，他一个劲儿地抱怨道："我还以为我死定了。你们怎么这么久才来？"

"我们已经尽快了，"吉诃德神父说的话和他祖先几乎一样，"我们不能左右你的看法，不过你的良心会告诉你，忘恩负义是不光彩的。"

"为了救你我们付出的代价太大了，"桑丘道，"现在你走吧。

---

1 源于《圣经·新约》的《路加福音》中耶稣讲的寓言：一个犹太人被强盗打劫，受了重伤，躺在路边。有祭司和利未人路过但不闻不问。唯有一个撒马利亚人路过，不顾教派隔阂善意照应他，还自己出钱把犹太人送进旅店。

卫兵向那边去了。我建议你在混进城之前，最好一直走田间小路。"

"我的鞋除了鞋跟都烂了，穿着这种鞋怎么一直走田间小路？裤子上还有枪眼，怎么混进城去？"

"你抢了银行。可以买双新鞋。"

"谁说我抢了银行？"男子翻出空无一物的衣服口袋，展示给两人看。

"你们可以搜我的身，"男子道，"你们说你们是基督徒。"

"我不是，"镇长纠正道，"我是马克思主义者。"

"我的后背疼。一步也走不了了。"

"我车里有阿司匹林。"吉诃德神父说道。他打开车门，在手套箱里搜索着。他听到男子在身后咳嗽了两声。"我还有止咳药，"神父道，"药放在后备箱。"神父手里拿着药，转过身，惊讶地瞧见男子手里握着左轮手枪。"不要拿那东西对着人，"神父道，"太危险了。"

"你穿多大尺码的鞋？"男子喝问道。

"我真不记得了。应该是三十九码。"

"你呢？"

"我穿四十码。"桑丘答道。

"把你的鞋给我。"男子对吉诃德神父命令道。

"我们的鞋差不多一样破。"

"少啰嗦。裤子也给我，如果穿着合适也归我了。你们两个现在转过身去。敢轻举妄动，就把你们都打死。"

吉诃德神父道："我不明白，你怎么穿这么一双破鞋去抢银行，如果你确实抢银行了。"

"我穿错鞋了。你现在明白了吧。转过来，上车，都进去。我坐后座，不管什么原因，只要停车，我就开枪。"

"你要去哪儿？"桑丘问道。

"送我去莱昂大教堂。"

吉诃德神父开车，费了半天劲才调转车头开出田地。

"你开车技术真烂。"男子评价道。

"要怪就怪'罗西纳特'。她从不喜欢走回头路。我觉得你和酒坐在后面，太挤了。可以停车，让我把酒放回后备箱吗？"

"不能停，继续开车。"

"你的本田车怎么了？卫兵说你抛弃了它。"

"没油了。我忘记给车加油了。"

"穿错鞋。没加油。上帝好像一直在跟你的计划作对。"

"你能开快一点吗？"

"不行。'罗西纳特'上岁数了。车速不能超过每小时四十公里。"神父瞄着车里的内视镜，发现男子正举枪对着他。"别紧张，把枪放下，"神父道，"'罗西纳特'时不时会像骆驼一样不老实。万一她突然颠一下，你手中的家伙可能会走火。你的手里再多条人命，你的良心会不安的。"

"你说什么？再多条人命？"

"你在银行打死了一个可怜的家伙。"

"他没死。我没打中他。"

"上帝肯定忙晕了，"吉诃德神父道，"所以没阻止你犯罪。"

"不管怎么说，我没抢银行，那是家无人售货商店。"

"卫兵说是银行。"

"哼，即使抢公共厕所，他们也会说是银行的。他们觉得那样才更引人重视。"

车子开进城，吉诃德神父发现一遇到红灯停车时，内视镜里就看不到男子的枪。他本可以趁机跳车逃走，可桑丘就危险了，如果他逃走导致男子再行凶，那他也难逃其咎。无论如何他都不想受人间正义的摆布。车子距离大教堂越来越近，一路上没碰到卫兵或士兵，这让吉诃德神父长出了一口气。"让我先下去，看看四周是否安全。"神父请求道。

"如果骗我，"男子道，"我就杀了你朋友。"

吉诃德神父打开车门，"安全了，你可以走了。"

"如果你说谎，"男子警告道，"第一颗子弹就送给你。"

"你的胡子掉了，"吉诃德神父提醒男子道，"胡子粘在你鞋子上，我是说我的鞋子。"

两人目送男子消失在视野中。

"起码他没袭击我们，像船上的奴隶袭击你祖先那样。"吉诃德神父道。

"你待在车里，我去给你买双鞋。之前你说你穿三十九码的鞋？"

"可以让我先去一趟大教堂吗？让'罗西纳特'休息一下，她真是累坏了。那个可怜的家伙如果杀了我们，就有大麻烦了，'罗西纳特'肯定不会听他的话。我想坐在凉快的地方休息一小会儿……还有祈祷。会很快。"

"我还以为刚才开车时，你已经做了不少祈祷。"

"哦，没错，我祈祷了，但都是为了那个可怜的男子。我现在想感谢上帝，感谢他保佑我们平安脱险。"

当吉诃德的脚透过紫色袜子感受到地上石头的寒冷时，他后悔自己没在萨拉曼卡买羊绒袜子。与大教堂高高耸立的中殿相比，神父觉得自己非常渺小。光线透过一百二十面窗户射进教堂，一如上帝审视人间的目光。吉诃德神父忽然有种感觉，自己好像显微镜镜片下正被人观察的微生物。他溜到中殿侧面的祭坛前，双膝跪下，却不知该说什么。也许该说"谢谢"，可这么说言不由衷。他并不为逃过一劫而心存感激，反而觉得中枪了才该感谢上帝，挨了枪子儿就一了百了。他的尸体会被运回埃尔托沃索镇，就可以回家了，不用再继续这场荒诞的朝圣之旅——向谁朝圣? 去哪儿朝圣?

做样子假装祈祷是在浪费时间，吉诃德神父干脆放弃祈祷，努力清空头脑，试图进入空灵状态。过了很长时间，就在神父终于即将达到无我境界时，却突然功亏一篑了。

神父发现，踩在大教堂石头地面上的左大脚趾比右边凉，他立刻意识到: 袜子破了。主业会豪华商店里卖的袜子的质量根本对不起它的价格，他再次自责，当时为什么不坚持选择羊绒袜子呢?

吉诃德神父在胸口画了一个十字，然后回到桑丘身旁。

"这回祈祷够了吧? "镇长问道。

"我根本没祈祷。"

两人将"罗西纳特"留在原地，信步逛起街来。刚过新布尔戈，两人就瞧见一家鞋店。一路走在滚烫的人行道上，吉诃德神父那只破洞而出的左大脚趾明显肿了。鞋店规模不大，店主惊讶地瞧着吉诃德神父的脚。

"我想买双黑色的鞋，三十九码。"吉诃德神父道。

"好，好的，请坐。"男店主拿过一双鞋，跪在神父脚下。吉诃德神父心中暗想：我现在好像罗马圣彼得的雕像。他会亲吻我的脚趾头吗？想到这儿，他忍不住放声大笑。

"什么事这么好笑？"镇长纳闷道。

"哦，没事，没事。我瞎想而已。"

"主教阁下，您会觉得这双鞋很合脚，它的皮子非常柔软。"

"我不是主教，"吉诃德神父解释道，"只是教士，愿上帝宽恕我。"

男店主将鞋套进袜子完好的脚上。"教士，请走几步看看……"

"在莱昂我已经走得够多了。你们这儿人行道的路面真硬。"

"那是肯定的，教士，如果您不穿鞋走的话。"

"这鞋穿着很舒服。我买了。"

"给您包起来，还是直接穿着，教士？"

"当然穿着了。你以为我喜欢光脚走路吗？"

"我以为……我以为您可能正在苦修……"

"哦，不，你错了，我或许都算不上称职的神职人员。"

吉诃德神父再次坐下，店主轻轻地，甚至带着一丝敬意地将神父的大脚趾推回袜子破洞里，然后给他穿上另外一只鞋。显然，他之前从没有触碰过教士光着的大脚趾。

"您自己的鞋呢？要把它包起来吗？"

"什么鞋？"

"您不要的鞋。"

"我没有不要它们，是它们抛弃了我，"吉诃德神父道，"我甚至不知道它们现在在何处。估计离我远远的。反正它们也旧了。"

店主将两人送到店门口，问道："教士，您能为我祝福吗？"吉诃德神父画了个十字，嘴里嘟囔起来。待他们离开店，回到街上，"那个店主对我恭敬得有点过了头。"

"看起来太反常了，我担心他对我们印象深刻。"

两人向"罗西纳特"走去，正好路过一家邮局。吉诃德神父停下道："我突然觉得心慌。"

"这是正常的。如果你救的那个浑球被抓，把你供出来……"

"我没想那件事，我想到特丽莎了。我突然有种不祥的预感。毕竟我们已经离开这么久了。"

"才四天而已。"

"不可能。我怎么感觉起码有一个月了。请允许我打个电话。"

"好吧，不过要速战速决。越早离开这里越好。"

听到特丽莎接起电话，神父刚要开口，却听到特丽莎怒气冲冲地说："埃雷拉神父不在，我不知道他什么时候回来。"随即挂断了电话。

"肯定出事了。"吉诃德神父道。他再次拨了电话，待电话一接通立刻说道："是我，吉诃德神父，特丽莎。"

"感谢上帝，"特丽莎问道，"你现在在哪儿？"

"我在莱昂。"

"莱昂是哪里？"

镇长插嘴道："你不该告诉她你在这里。"

"你在那儿做什么，神父？"

"正在给你打电话。"

"神父，主教不好了。"

"他病了吗，那个可怜的家伙？"

"他被气坏了。"

"出什么事了，特丽莎？"

"他给埃雷拉神父打过两次电话。每次都谈了半个小时，一点儿也不顾及电话费。"

"他们都谈了什么，特丽莎？"

"当然是在说你。他们说你疯了。说应该把你关进疯人院，以免给教会抹黑。"

"此话怎讲？为什么这么说我？"

"国民卫队一直在阿维拉找你。"

"我没去阿维拉。"

"他们知道。他们说你在巴利亚多利德，还说你和赤色分子镇长互换衣服逃跑了。"

"他们胡说八道。"

"他们说你可能加入了巴斯克恐怖组织。"

"特丽莎，这些话你怎么会知道？"

"他们在用你的电话，你以为我会不打开厨房门监督他们吗？"

"让我和埃雷拉神父说两句。"

"别透露任何信息，"桑丘道，"什么都别告诉他。"

"埃雷拉神父不在。他昨天天还没亮就去见主教了。主教这人绝对没安好心，即使他亲自致电教皇说你坏话，我也绝不会感到惊讶。埃雷拉神父曾告诉我，说教皇任命你为高级教士简直是大错特错。我对他说，他这么说是亵渎神明。教皇是不会犯错的。"

"哦，会的，教皇也会犯错的，特丽莎——会犯些小错。我觉得我现在最好赶回家。"

"神父，你不能回来。卫兵肯定会把你抓起来，以后就别想离开疯人院了。"

"但我像埃雷拉神父或主教一样神志清醒。"

"他们才不管呢。我听见埃雷拉神父对主教说，'为了教会，一定要阻止你再惹麻烦。'千万别回来，神父。"

"再见，特丽莎。"

"你不会回来吧？"

"我考虑一下，特丽莎。"

吉诃德神父对镇长道："卫兵联系了主教，主教联系了埃雷拉神父。他们认为我疯了。"

"这没什么。他们还认为你祖先也疯了呢。说不定埃雷拉神父会像《堂吉诃德》书中的神父一样，把你的书都烧了。"

"真是作孽啊。我必须赶回去，桑丘。"

"那你就真疯了。我们应该尽快离开这里，但不是回埃尔托沃索镇。你不该告诉特丽莎你在莱昂。"

"别担心。她嘴严得像上了锁。你知道我为什么这么肯定吗？马排那件事，她从没对我说过。"

"不管了，我们要担心的事太多了。电脑那东西非常有效率。换车牌也许能拖一阵子，但如果卫兵把你的名字输进电脑就麻烦了。你必须把'围嘴'和袜子脱了。我想，开着破西雅特600汽车的教士应该也不多见。"

两人急急忙忙向"罗西纳特"走过去，桑丘一边走一边道："我觉得应该把车丢掉，换坐公交车。"

"我们根本没做错事。"

"关键不在于我们是否做错了事，而是他们认定我们做了什么。即使读马克思的书不犯法，可私藏银行劫匪也是违法行为。"

"他没抢银行。"

"就是抢无人售货店，你把他藏在后备箱也是犯罪。"

两人来到车旁，吉诃德神父把手放在汽车挡泥板上抗议道："我不会抛弃我的'罗西纳特'的。"挡泥板凹进去一块，那是在埃尔托沃索镇和肉店老板的车剐蹭后留下的。"你看过莎士比亚的戏剧《亨利八世》吗？"

"没有，我更喜欢洛佩·德·维加 [1]。"

"'罗西纳特'会像红衣主教沃尔西斥责亨利八世那样责备我。'如果我把为国王效劳的热诚，用一半来侍奉我的上帝，他也不会在我垂老之年把我赤条条地丢给我的敌人了。'桑丘，你瞧见这车

1　西班牙戏剧大师。

引擎盖上的伤了吗？这是七年多前，我不小心给她留下的伤痕。Mea culpa, mea culpa, mea maxima culpa。[1]"

2

两人开车飞快地逃出了莱昂，随着道路海拔的升高，"罗西纳特"有几次都貌似跑不动了。瞧着路前方灰突突、层峦叠嶂的石山，镇长道："你说过想找个安静地方。现在是时候做出决定了，是去布尔戈斯，还是奥赛拉？"

"布尔戈斯会勾起我不愉快的回忆。"

"太棒了，教士。我还以为你想去看大元帅的总部。"

"我更喜欢和平的宁静，而非战后的宁静，那种宁静总沾有死亡的气息，而且那种死法也不是善终。但是，桑丘，一想到修道院，你不会心生厌恶吗？"

"为什么厌恶？正如马克思所说，它们可以让我们远离罪恶。另外，修道院和妓院还有一个共同的优点：只要不长时间逗留，可以不用填登记表。"

"那就这么定了，桑丘，我们去奥赛拉，去特拉普派修道院。"

"那儿起码能喝到西班牙加利西亚的好酒。我们的马拉加葡萄酒马上就没有了。"

野餐时，两人别无选择，只能喝酒，因为奶酪已经被劫匪拿走

---

1 拉丁文：罪过，罪过，极大的罪过。

了，香肠也早被消灭了。他们此刻位于海拔一千米的高处，微风轻抚，空气清新。向下望去，四周除了土地，空无一物。一瓶酒很快就下了肚，桑丘又打开另一瓶酒。"这样好吗？"吉诃德神父担心地问道。

"好不好是相对的，"桑丘道，"要依情况而论，跟人也有关系。比如，拿我来说，现在没有食物，再喝半瓶也是好的。你则要另当别论，再喝就不好了。我会根据你喝酒的情况来处理你剩下的半瓶酒。"

"放心吧，我没事，"吉诃德神父道，"为了你好，我不会让你多喝的。"说完他给自己倒了一杯酒，然后道："我不明白，为什么饿肚子会影响我们的决定。"

"这道理不是明摆着吗，"桑丘道，"酒含有糖分，而糖是非常珍贵的食物。"

"如此说来，只要我们喝下足够多的酒，就不会感到饿了。"

"是的，但逻辑中总包含着谬论，从这点上来说，你的圣托马斯·阿奎那也不例外。用酒代替食物，我们就只能被困在这儿，最终把酒喝得一滴不剩。"

"怎么会被困在这儿？"

"因为谁都开不了车。"

"有道理。讲逻辑确实会引发荒唐事。拉曼查就有一个众人皆知的圣徒，她在自己家的厨房被一个摩尔人强奸了，当时那个摩尔人手无寸铁，她手里却拿着刀。"

"我猜她是自愿的。"

"不，你错了，她的想法非常符合逻辑。她认为那个摩尔人的救赎比她的贞洁更重要。如果她杀了摩尔人，就剥夺了他被拯救的机会。这事听着荒唐，但你细想一下，会发现这是个美妙的故事。"

　　"酒让你话多了起来，教士。我在想你怎么能忍受修道院里的缄默。"

　　"并不是完全的缄默，桑丘，修道士可以和访客交谈。"

　　"第二瓶酒竟然这么快就见底了。你还记得——貌似好久之前——你跟我解释过三位一体的理论吗？"

　　"记得，我当时犯了大罪，把圣灵比作半瓶酒。"

　　"这次我们不能重蹈覆辙了。"桑丘一边说，一边打开第三瓶酒。

　　吉诃德神父并没有阻止镇长，在酒精的刺激之下，神父已经做好了随时和镇长论战的准备。

　　"我很高兴，"镇长道，"你不像你的祖先，你喜欢喝酒。堂吉诃德经常光顾小酒馆，至少有四次历险发生在小酒馆里，可从没见他喝过一杯酒。他像我们一样，在露天吃过很多次奶酪，却从没喝过一杯正宗的马拉加葡萄酒。我认为他不是个好旅伴。感谢上帝，虽然你看神圣的书，却可以在愿意的时候一醉方休。"

　　"你怎么总拿我和我的祖先比较？"

　　"我只是比较一下……"

　　"一有机会你就提起他，你将我的圣书比作他的骑士小说，将我们不值一提的旅程比作他的冒险。卫兵就是卫兵，不是风车。我是吉诃德神父，不是堂吉诃德。我告诉你，我就是我，我的历险是我自己的经历，不是他的。我要走自己的路——我自己的路——不是他的。我的意志是自由的，我不想把自己和四百年前的先人绑在一起。"

"抱歉，神父。我以为你会以祖先为傲。我绝非有意冒犯你。"

"哦，我知道你是怎么想的了。你以为我的上帝是幻象，就像风车一样。但上帝是真实存在的，告诉你，我不只信仰他，还摸过他。"

"他摸起来手感如何？软乎乎的，还是硬邦邦的？"

吉诃德神父愤怒地想从草地上站起来。

"别，别，神父。对不起。我没取笑你。我尊重你的信仰，就像你尊重我的信仰一样。但你我有一点不同。我确定马克思和列宁真实存在。而你只能相信上帝是真实存在的。"

"我说过，这不是信不信的问题。我摸过上帝。"

"神父，我们谈得很尽兴。这是第三瓶酒。我要举杯向圣三位一体致敬，你可不能拒绝我。"

吉诃德神父闷闷不乐盯着自己的杯子。"是的，我不能拒绝，但是……"酒一下肚，神父心头的怒火就消失了，取而代之的是越来越强烈的悲伤。他说道："你觉得我是不是喝多了，桑丘？"桑丘瞧见吉诃德神父双眼泛着泪花。

"神父，我们的友谊……"

"没错。我们的友谊坚不可摧，桑丘。我只希望我没说错话。"

"你指什么？"

"我还希望拥有知识。我是个极其无知的人。我在埃尔托沃索镇教的很多东西，我自己根本不了解。我一直不求甚解。比如三位一体论、自然法则和弥天大罪[1]这些理论。我只是照本宣科，却从未扪心自问：我真的相信它们吗？回到家里，读着我的圣书。书中写到了爱。我以为我能理解爱。其他问题似乎都不重要了。"

"我不明白你在烦恼什么，神父。"

"让我心烦的，是你，桑丘。和你在一起的四天我感到烦恼。一想到吹气球，我就想乐。还有那部电影……我当时为什么不感到震惊呢？为什么没有离开电影院呢？埃尔托沃索镇的生活仿佛已经是一百年前的事了。我再也不是原来的我了，桑丘。我觉得天旋地转……"

"你有点醉了，神父，仅此而已。"

"这是正常的吗？"

"唠唠叨叨……头昏眼花……没错，正常。"

"那感到悲伤呢？"

"有人会感到悲伤。有人会吵吵闹闹，开心得不得了。"

"还是只喝奎宁水好。我觉得我开不了车了。"

"可以让我开。"

"'罗西纳特'认生。让我先打个盹，然后再出发。如果我说了什么得罪你的话，桑丘，千万别在意。那都是醉话。"

"你没说错话。躺会儿吧，神父，我给你放风。我经受过伏特加的考验，可以保持清醒。"

吉诃德神父在两块岩石间找到一块柔软的草地，躺下去，却没

1　指与天主严重对抗、分裂的行为。

马上睡着。他说道："黑里贝特·约恩神父认为醉酒比暴食罪过更深。我不明白他为何这么说。我觉得我们能在一起要感谢醉酒，桑丘。醉酒对友谊有好处。暴食却一点好处也没有。但我记得约恩神父说过，暴食只是轻微的小罪，'即使吃撑到吐。'这是他的原话。"

"我已经不再认为黑里贝特·约恩神父是道德神学的权威了，就像我认为托洛茨基不是共产主义权威一样。"

"人喝醉了真会做出可怕的事吗？"

"也许吧，有时会，前提是失去自制力。但那也不总是坏事。有时失控是好事。比如在恋爱的时候。"

"就像电影里的人那样？"

"是的，也许吧。"

"也许再醉一些，他们会把气球吹破的。"

岩石间传出一阵奇怪的声音。镇长愣了好一会儿，才听出那是大笑声。接着，他听到吉诃德神父说道："桑丘，你就是我的道德神学家。"不一会儿，奇怪的笑声消失了，取而代之的是微微的鼾声。

3

旅途劳累，再加上喝了不少酒，不一会儿，镇长也进入了梦乡。他做了一个梦，是那种即使醒了却依然记得所有细节的梦。他梦见吉诃德神父不见了，自己在四处寻找神父。他手中拿着紫色袜子，一边找，一边挂念着神父的安危，吉诃德神父走的那条山路，光脚走很危险，而且一路上到处可见血迹。有几次他试图大喊吉诃德神父的名字，却总也发不出声音。突然，眼前出现一条大理石铺成的道路，路前方便是埃尔托沃索镇的教堂，镇长听到教堂里传出奇怪的声音。他拿着紫色袜子，走进教堂，瞧见吉诃德神父好像一尊圣像立于祭坛之上，下面的人正在哈哈大笑，而吉诃德神父却在哭泣。镇长猛然从梦中惊醒，有种大祸临头的预感。此时夜幕已经降临，吉诃德神父真的不见了。

镇长像在梦中一样去找吉诃德神父，等他终于找到神父时，他长出了一口气。原来，吉诃德神父沿着山坡向下走了一段，也许他想离"罗西纳特"近一些，或许因为那里的地面更软。神父脱掉紫色袜子，用鞋和袜子给自己做了个枕头，此刻正枕着枕头呼呼大睡呢。

镇长不想打扰神父。此时天色已晚，不好走小路去奥赛拉，回莱昂更不安全。于是他在神父看不到的地方找到一个睡觉的地方，很快又睡着了，这次一夜无梦。

等他睁开眼已是日上三竿，温暖的阳光洒满全身。该出发了，镇长心想，去下个村子喝点咖啡。他想喝咖啡，虽然伏特加从未给他惹过麻烦，但酒还是适度最好，现在的酒好比党内的改革主义者，多一点就让他恼火。他想喊神父起床，可吉诃德神父昨晚睡觉的地方却空空如也，只剩下袜子和鞋做成的枕头。他喊了几声吉诃德神父的名字，没人回应，他不禁又想起了昨晚的噩梦。他坐下等神父，以为神父可能去哪个角落方便去了。等了十分钟也没见到神父的身影——谁的膀胱也装不下那么多液体。说不定刚好两人走岔了，吉诃德神父方便之后就去镇长睡觉的地方找他了。于是镇长拿着神父的紫袜子往回走，这时他又想起了那个梦，心里忽地一沉。镇长到处都找不到吉诃德神父，神父真的消失不见了。

镇长寻思，神父也许去查看"罗西纳特"了。昨天在镇长的建议下，吉诃德神父将"罗西纳特"开到路边，停在很久之前修路剩下的沙堆后面，即使卫兵经过，也看不到他们的车。

镇长来到车旁，附近也没有吉诃德神父，而"罗西纳特"却并不孤单——她身后停着一辆雷诺汽车，一对身穿牛仔服的年轻情侣正坐在岩石中间，身边放着背包，包里装着杯子、杯托和几盘剩菜，从剩菜来看，他们的早餐非常丰盛。一瞧见食物，镇长突然意识到自己正饥肠辘辘。那对情侣看上去似乎人不错，他们对镇长回以微笑，镇长犹犹豫豫地问道："能给我一个面包吗？"

那对年轻人睁大眼睛瞧着他，似乎有些紧张，镇长这才意识到自己没刮胡子，手里还拿着紫色袜子。对方看上去像是外国人，年轻男子带着一口美国腔，"我只懂一点点西班牙语。Parlez-vous Français？（你会说法语吗？）"

"Un petit peu（一点点），"镇长说道，"très petit peu（很少一点点）。"

"Comme moi（我也是）。"男子答了一声，然后就尴尬地说不上来了。

"J'ai faim（我饿了）。"镇长继续说道。蹩脚的法语让他听起来像个乞丐。"J'ai pensé si vous avez fini votre——（我想如果你吃完了你的——）"镇长搜肠刮肚，想不起要说的词了，"votre desayuno—

（你的早餐——）"

"Desayuno？"

真奇怪，镇长暗想，外国人来西班牙旅游竟然连基本的西班牙语都不会。

"罗纳德，"女孩的声音听不出是哪国人，"我去车里取词典。"

女孩站起身，镇长瞧着女孩漂亮的长腿，摸了摸面颊——他在为自己逝去的青春而悲伤。镇长说道："Il faut me pardonner, Señorita... Je n'ai pas…（请你原谅，女士……我没有……）"，却想不起法语的"刮胡子"怎么说了。

剩下的两个男人一声不吭，面面相觑，直到女孩回来。接下来的对话依然困难重重。镇长说话像慢动作，讲完一个关键词就停顿一下，以便让女孩有时间查词典，"如果——你们吃完了——你们的早餐……"

"Desayuno 是早餐的意思。"女孩兴奋地将自己的发现告诉同伴。

"……能不能给我一个 bollo？"

"Bollo……词典上说是一便士面包的意思，"女孩翻译道，"可我们的早餐远远超过了一便士。"

"词典上的解释经常是过时的，"女孩的同伴道，"你不能指望词典跟上通货膨胀的节奏。"

"我饿坏了。"镇长对两人说，他尽量咬准关键词的发音。

女孩翻了翻词典。"Ambriento……他说的是这个词吧？可词典上没这个词。"

"查查 H 项，我觉得他们的 H 不发音。"

"哦，找到了。是'想要'的意思。但他想要什么呢？"

"还有其他意思吗？"

"哦，有，我真是笨死了。还有'饿'的意思。这回对了。他饿了，想要块面包。"

"我们还剩两块面包。都给他吧。给，把这个也给这可怜的家伙。"男子递给女孩一张面值为一百比塞塔的纸币。

镇长接过面包，却没收钱。为了解释原因，他先指指"罗西纳特"，然后指指自己。

"天啊，"女孩道，"那是他的车，我们竟然想施舍他一百元钱。"女孩举起手，双手合十，行了一个颇具东方色彩的合手礼。镇长笑了笑，明白对方在表达歉意。

男子不悦道："我又不知道！"

镇长吃面包时，女孩查了查词典，问道："Mantequilla？"

"你在问……要……什么？"女孩的同伴不高兴地问道。

"我在问他，需不需要来点黄油。"

"黄油已经被我吃掉了。没必要留着了。"

镇长摇摇头，咽下最后一口面包，然后将另一块面包放进衣服口袋里。"Para mi amigo。"镇长解释道。

"哈哈！我听懂了，"女孩兴奋道，"他要把面包留给他的女人。你还记得拉丁语 amo 是'我爱'，amas 是'你爱'的意思吗？我不记得怎么用了。我猜他们一定像我们一样，躲在草丛里亲热。"

镇长一只手围在嘴巴上，又开始喊吉诃德神父的名字，依然没人回应。

"你怎么知道是女的？"年轻男子问道。他一心要给女孩找茬。"西班牙语和法语很像。口语中 ami 可以代表任意性别，只有写下来才能确定。"

"哦，天啊，"女孩惊讶道，"你觉得他说的会不会是刚才被人抬着的尸体？"

"我们不确定那是尸体。如果人死了，他为什么还留面包给他？"

"你问问他。"

"怎么问？词典在你手里。"

镇长又喊了几声，除了听到几声隐约的回音之外，没人回答。

"看起来就像尸体。"女孩道。

"他们可能正要送他去医院。"

"什么事让你一说就变得无趣了。不管怎么说，去医院可不需要面包。"

"在不发达国家，亲戚会带食物去医院探视病人。"

"西班牙是发达国家。"

"那是你的看法。"

镇长察觉到两位年轻人正在拌嘴，于是他晃晃悠悠地向吉诃德神父昨晚睡觉的地方走去。神父莫名其妙的失踪和那个噩梦搅得镇长心神不安，随后他又回到"罗西纳特"身旁。

镇长消失的这段时间，两位年轻人查词典的辛苦终于有了回报。"Camilla（担架）。"女孩说道，她的发音很奇怪，镇长一下子

148

没明白她在说什么。

"你确定你说的对吗？"男子问道，"怎么听起来更像女人的名字，而不是担架。为什么要查担架这个词？他们又没抬着担架。"

"你瞧不出这个词代表的含义吗？"女孩固执道，"在整个词典里，你能找到一个词表达我们经过一个被抬着的人这个意思吗？"

"为什么不试试'抬'这个词？"

"词典里只有动词不定式，既然你这么说，我试试。Transportar，"女孩说道，"Camilla。"镇长突然明白女孩想说什么了，但不确定自己理解的是否正确。

"Dónde？"镇长绝望地追问道，"Dónde？"

"我想他说的是'哪里'。"男子说道，他似乎突然来了灵感，大步走到自己车前，打开车门，弯下腰，做出向车里塞重物的样子，然后向莱昂方向挥动双臂，说道："消失了。"

镇长一屁股坐在石头上。到底发生了什么事？卫兵发现他们了吗？可他们绝不会放过吉诃德神父的同伙啊。他们为什么要用担架抬着吉诃德神父？难道他们向神父开了枪，然后被自己的所作所为吓坏了？镇长百思不得其解。

"可怜的家伙，"女孩悄声说道，"他正在哀悼自己死去的朋友。我们最好悄悄离开，别打扰他。"

两人拿起各自的背包，蹑手蹑脚地向自己的车走去。

"真是刺激，"女孩一边坐上车，一边道，"当然，这也实在太太太让人悲伤了。我感觉好像又回到了教堂。"

第二部

I

吉诃德教士与主教的不期而遇

1

吉诃德神父睁开眼，发现自己几乎还保持着昨晚的睡姿，他惊讶地瞧见两侧的乡村景色正快速从眼前掠过。先是一片树林，接着又出现一栋房子。他猜这一定是喝醉酒导致的恶果，于是叹了口气，同时暗下决心以后再不贪杯了，随后闭上眼，马上进入了梦乡。

一阵奇怪的晃动让吉诃德神父几乎又醒了过来，他感到身体一沉，身下似乎变成了冰冷的床单，而不是之前躺在上面很不舒服的地面。这真太奇怪了。他手伸向脑后想调整一下枕头，这时一个女子愤怒的声音道："万能的玛利亚啊，你们到底对可怜的神父做了什么？"

另外一个声音答道："别担心，女人。他很快会醒的。去给他准备一杯浓浓的咖啡。"

"他喜欢喝茶。"

"那就来杯茶，浓茶。我会守在这儿等他醒过来，希望……"这人话还没说完，神父就又昏沉沉地睡了过去。他梦见自己吹起三个气球，放飞到空中：气球两大一小。他对此感到不安，想抓住小气球，将它吹得像其他两个气球一样大。吉诃德神父醒了过来，他眨了两下眼，十分清楚地意识到自己正躺在埃尔托沃索镇家里的旧床上。有人正在给他号脉。

"加尔文医生，"神父喊道，"原来是你！你在埃尔托沃索镇做什么？"

"别担心，"医生安抚道，"你很快就会恢复的。"

"桑丘呢？"

"桑丘？"

"我是说镇长。"

"他喝醉了睡得正香，我们没打扰他。"

"那'罗西纳特'呢？"

"你是说你的车？镇长肯定会把车开回来的。当然，除非他溜出了边境。"

"我怎么会在这儿？"

"那时我觉得最好给你打一针，让你保持镇静。"

"我当时不镇静？"

"你在睡觉，但我担心你在那种情况下，见到我们或许会——

152

过度兴奋。"

"还有其他人？"

"其他人？——我不明白你说什么。"

"你刚才说的是'我们'。"

"哦，当然是你的好朋友埃雷拉神父，我们当时在一起。"

"你们把我带到这儿——把我绑架了？"

"这是你的家，我的老朋友——埃尔托沃索镇。哪儿能比在家里休息还舒服？"

"我根本不需要休息。你们竟然扒了我的衣服。"

"我们帮你脱了外衣，仅此而已。"

"还扒了我的裤子！"

"千万别激动。那样对身体不好。相信我——你需要休息一会儿。主教亲自下令，让埃雷拉神父找到你，并把你带回来，以免事情闹到不可收拾的地步。埃雷拉神父给在雷阿尔城的我打了电话。他是从特丽莎那儿知道我名字的。我有个表亲在国民卫队内务部工作，他非常善解人意，而且愿意帮忙。多亏了你在莱昂给特丽莎打了个电话。"

特丽莎端着茶走进屋，说道："神父啊，神父，见到你还活着，一切都好，真是托上帝的福……"

"他还没全好，特丽莎，"加尔文医生纠正道，"不过只需静养几周……"

"静养几周！我要马上起床。"神父努力想起床，可身子不听使唤，人又跌倒在床上。

"感觉头晕眼花吧？别担心，那是打针后的反应。在路上我不得不又给你打了两针。"

埃雷拉神父不知何时出现在门口，衣领在阳光的照射下闪着微光。"他怎么样了？"埃雷拉神父问道。

"恢复得不错，很好。"

"你们两人犯了罪，"吉诃德神父激动道，"绑架，违背病人意愿擅自进行治疗……"

"主教明确下令，"埃雷拉神父解释道，"命我把你带回来。"

"Que le den por el saco al obispo[1]。"吉诃德神父此话一出口，屋内立刻陷入了死一般的寂静。连吉诃德神父都不敢相信自己的耳朵，这句话他是从哪儿学会的，怎么突然就溜出口了呢？难道很久之前就学会了？随后，一阵咯咯的笑声打破了沉默，这是吉诃德神父第一次听见特丽莎放声大笑。神父说道："我必须起床。立刻，马上。我的裤子哪儿去了？"

"在我那里，"埃雷拉神父答道，"你刚才说的话……简直令我无法复述……如此之言竟出自一位神父，一位高级教士之口……"

吉诃德神父差一点又重复了那句话，那句令埃雷拉神父无法复述的话，不过这次要将主教换为教士，但他忍住了。"马上把我的裤子拿过来，"神父说道，"我要起床。"

"口吐污言秽语说明你还没恢复。"

"我说了，把我的裤子拿过来。"

"别急，别急，"加尔文医生道，"裤子过几天给你。你现在需要休息。绝对不能激动。"

"我要我的裤子！"

"在你身体好些之前，裤子暂时由我保管。"埃雷拉神父道。

"特丽莎！"神父向他唯一的朋友求救。

"他把裤子锁在抽屉里了。上帝饶恕我，神父。我之前不知道他为什么要那么做。"

"你们想要我做什么，卧床不起？"

"何不趁此机会自我反省，"埃雷拉神父道，"你最近的行为举止极其反常。"

"此话怎讲？"

"根据阿维拉卫兵的报告，你和你的同伴不但互换着装，还谎报了地址。"

"那完全是个误会。"

"据在莱昂抓到的一个银行劫匪交代，你不但把你的鞋给了他，还把他藏在你的车里。"

"那人抢的不是银行，是无人售货商店。"

"主教大人和我绞尽脑汁，说服卫兵不对你采取任何措施。主教大人甚至不得不致电阿维拉主教进行协商。加尔文医生的表亲也帮了很大的忙，医生本人也出了很多力。至少我们已经说服卫兵，让他们相信你的所作所为是精神崩溃导致的。"

"那是胡说八道。"

"这是对你的胡作非为最仁慈的解释了。不管怎样，在千钧一

155

发之际，我们及时阻止了教会历史上的特大丑闻。"埃雷拉神父更正道，"但仅限目前而已。"

"现在，睡一会儿吧。"加尔文劝吉诃德神父道。"中午喝点汤，"医生吩咐特丽莎，"晚上也许可以给他吃煎蛋。现在不能喝酒。今晚我会再来看看情况，如果他睡着了，就不要打扰他。"

"还有，"埃雷拉神父对特丽莎道，"明天早上我去做弥撒时，记得打扫客厅。我不知道主教什么时候会到。"

"主教？"特丽莎和吉诃德神父不约而同地惊叫起来。

埃雷拉神父没理会他们，径直出了门，他虽然没有砰地关上门，但门也发出了啪的一声。吉诃德神父躺在枕头上，转头瞧着加尔文医生。

"医生，"神父道，"我们是老朋友了。你还记得我那次得肺炎的情形吗？"

"当然记得。让我想想，那差不多是三十多年前的事了。"

"是的，没错。那时我特别害怕会死。因为我觉得自己做了很多错事。我猜你不记得当时你对我说过的话了吧。"

"我想应该是让你尽量多喝水。"

"不是。"神父努力回忆了一下，可依然想不起原话。"你的话大意是：想想每一秒有几百万人正在死去——他们中包括恶棍、小偷、骗子、教师、慈母、严父、银行经理、医生、化学家和屠夫——你觉得上帝有时间顾得上或者说降罪于你吗？"

"我真是这么说的？"

"大意如此。你也许并不知道那番话当时对我是多么大的安慰。

刚才你听到埃雷拉神父说了，要来看我的不是上帝，而是主教。我希望你能说点什么安慰安慰我。"

"这就更难了，"加尔文医生道，"不过你刚才说的那句也许就可以。'去他妈的主教。'"

2

吉诃德神父谨遵医嘱，尽可能多睡，中午喝了汤，晚上吃了半个煎蛋。他心里暗想，要是能在室外用餐，用马拉加葡萄酒佐餐，奶酪的味道会更佳。

第二天早上五点一刻，吉诃德神父准时睁开眼（过去三十多年，他每天都准时在早上六点到达教堂，在几乎空无一人的教堂里做弥撒）。此刻，他躺在床上，耳朵留意着关门的动静，他在等埃雷拉神父去教堂，可几乎快到七点，才听到关门声。显然，埃雷拉神父改变了弥撒的时间，不知为何，这令吉诃德神父黯然神伤。既然埃雷拉神父修改了做弥撒的时间，再修改两三条他曾经定下的规矩也是极有可能的。

吉诃德神父在床上又躺了五分钟（他担心埃雷拉神父忘记带东西再返回来，比如手帕），然后踮着脚尖，偷偷溜进客厅。扶手椅上放着折叠整齐的床单，床单上压着枕头。如果说爱干净是种美德，那埃雷拉神父绝对堪称典范。吉诃德神父抬眼望向自己的书架。唉！他最喜欢的书都放在"罗西纳特"上了。他的慰藉品，圣方济各的书，正在西班牙公路上的某处。神父从书架上取下圣奥古斯丁的《忏悔录》和十八世纪耶稣会士[1]高萨德神父[2]的《心灵书束》，这是他在神学院读书时有时拿来抚慰心灵的书，然后躺回了床上。特丽莎听到动静，给神父端来一杯茶，还有面包和黄油，脸上一副气呼呼的样子。

"他把我当什么了？"特丽莎怒道，"说什么做弥撒时把屋子打扫干净！这二十多年我不是一直在给你打扫屋子吗？我不需要他或者主教给我下命令。"

"你觉得主教真会来吗？"

"哦，他们两人狼狈为奸，沆瀣一气。自你走后，每天早上、中午和晚上都通电话。埃雷拉神父一直把主教阁下挂在嘴边，不知道的，还以为他在跟上帝通话。"

"我的祖先，"吉诃德神父道，"在被神父带回家后，至少免去了主教这一关。与给我祖先讲述疯子故事的笨理发师相比，我更喜欢加尔文医生。我认为我的祖先根本没疯，如果真疯了，给他讲疯子的故事怎么可能治好他呢？好了，我们必须往好的方面看，特丽莎。我觉得他们不会烧我的书。"

"也许不会，但埃雷拉神父嘱咐过我，要我把书房锁起来。他说不希望那些书累到你的脑袋。起码等到主教来了再说。"

"但你没锁书房，特丽莎。你都看到了，我拿了两本书。"

"一瞥见那个年轻神父端坐在书房，好像这是他的家，我就心痛。我怎么会把客厅锁起来，不让你进呢？不过等会儿主教来的时

---

1 天主教会主要的男修会之一。该会宣传反宗教改革，不再奉行苦修和斋戒等中世纪宗教生活的规矩，而主张军队式的机动灵活。

2 若翰·彼尔·高萨德，法国人，耶稣会士，作家。

候，你最好把书藏到床单下。他们俩是一路货，不是好人。"

应该是埃雷拉神父结束弥撒回来了：吉诃德神父听见埃雷拉神父的早餐碟子啪啦啦在响，那是特丽莎在厨房里搞出的声响，动静比给他准备早餐时大了一倍。神父转头瞧着床边高萨德神父的书，与黑里贝特·约恩神父的书相比，高萨德神父的书更令他觉得安慰，他想象着高萨德神父此刻正坐在床边听他忏悔。他回到家已经四天还是五天了？

"神父，自从十天前我忏悔之后……"神父又想起了那件烦心事：在巴利亚多利德看电影时，他差点忍不住哈哈大笑。另外，他似乎不具备能证明自己是人类的欲望，这让他感到羞愧。难道那句关于主教的粗话是在电影院里学到的吗？可电影里并没出现主教。特丽莎听到那句无礼之话放声大笑，加尔文医生甚至还重复了一遍。他对高萨德神父道："如果特丽莎的笑和加尔文医生的复述是罪过，那罪过在我，他们的罪将由我独自承担。"此外，他还犯了更大的罪过。在酒精的刺激之下，他无视圣灵的重要性，将圣灵比作半瓶马拉加葡萄酒。主教如果问起这些，这都是他必须面对的罪过，其实他害怕的并非面对主教，而是面对自己。他感觉一种无以复加的罪过正要吞噬他——那就是绝望。

神父随手翻开高萨德神父的《心灵书柬》，读到的第一段话似乎与他的忏悔毫无关系。"在我看来，你与众多亲戚以及世人的频繁接触会阻碍你的自我进步。"这是高萨德写给某位修女的信，是的，但不管怎样……一位神父和一位修女成了密友。我从没想过要进步，神父对着空气反驳道，我从没想成为教士，我只有一位远在墨西哥的远方表亲，再没其他亲戚了。

神父不抱希望地又翻开书，这次读到的让他不开心，不过也有意外收获。"在我一生之中，我曾好好忏悔过吗？上帝宽恕我了吗？我是好还是坏？"神父本想合上书，却忍不住继续读了下去。"我立刻回答道：上帝希望我不明所以，完全依仗他的仁慈。他所不想我知的，我不想知道，无论他将我置于何种黑暗之中，我都心甘情愿。我的进步他会知道，我的心中无他，只有上帝。一切都有上帝为我做主，由他做主。"

"我由他做主。"吉诃德神父大声重复道，这时房间门突然打开，门外传来埃雷拉神父的声音："主教大人到。"

那一瞬间，吉诃德神父心生恍惚，眼前的埃雷拉神父似乎突然苍老了许多——衣领依旧白得发亮，头发也白了，手上虽然没戴主教的戒指，脖子上也没挂着大十字架。但那是早晚的事，吉诃德神父心中暗道。

"抱歉，主教大人。请给我几分钟时间梳洗，我会去书房见您。"

"就在你的房间吧，教士。"主教说道。（主教在使用教士这个称呼时显然带着怨恨。）主教从袖子里掏出一块白色丝绸手帕，掸了掸床边的椅子，然后认真检查着手帕以确定椅子到底有多脏，接着坐到椅子上，一只手放在床单上。

鉴于吉诃德神父此刻的姿势不便于跪拜，主教觉得可以省略亲吻环节，他略一踌躇，然后收回了手。随后他双唇噘起，沉思片刻后从嘴里爆发出一个单音节词："哦！"

埃雷拉神父如同保镖一般站在门口。主教对埃雷拉神父道：

"让我和教士……"——主教眉头一皱，似乎被教士这个词烫到了舌头——"单独谈谈。"埃雷拉神父转身离开了。

主教紧紧握住胸前紫色圣带上的十字架，仿佛在绞尽脑汁斟酌着漂亮的开场白。一张口，却让吉诃德神父失望了。"我相信你已经好多了。"

"我现在感觉非常好，"吉诃德神父答道，"这次度假让我受益匪浅。"

"除非我收到的报告都是骗人的。"

"什么报告？"

"教会从来都不想和政治有染。"

"从来都？"

"你应该很清楚，我指的是你和某慈善组织不幸搅和在一起的事。"

"那不过是一时冲动而已，主教大人。我承认，我当时有欠考虑……但做善事或许不该顾虑重重。慈善有如爱，应该是盲目的。"

"你突然被晋升为教士，这让我感到莫名其妙。身为教士要多动脑子。教士必须捍卫教会的尊严。"

"升为教士并非我所愿。我不想成为教士。埃尔托沃索镇教区神父的尊严足够我捍卫了。"

"我并不是一个在意流言蜚语的人，教士。主业会那些人让人无法尽信。如果你向我保证，在马德里某家店里，你没有要买红衣主教的帽子，那么我会相信你。"

"那不是我。我朋友开了一个无伤大雅的玩笑……"

"无伤大雅？我确信你口中的那位朋友就是埃尔托沃索镇的前镇长。一个共产党。你找了一个极其不合适的旅伴，教士。"

"主教大人，您应该无需我提醒，我们的上帝……"

"哦，是的，没错。我知道你要说什么。那个税吏和罪人的故事已经被随意滥用，成了很多鲁莽行为的借口。圣玛窦是受主选中收税的税吏，是受鄙视的阶级。这没错，但税吏和共产党可天差地别。"

"我认为在某些东方国家，一个人可以同时拥有这两种身份。"

"我要提醒你，教士，上帝是神之子。很多事上帝可以做，但对于你我这样可怜的神父来说，亦步亦趋跟随圣保罗，难道不是更明智的做法吗？你知道的，他曾对提多 [1] 写道：'国外有很多叛逆的灵魂，四处宣扬自己的幻想，导致人们误入歧途。这些人必须被噤声。'"

主教停下话头，期望吉诃德神父有所表态，却未能如愿。主教觉得这也许是个好兆头，接下来他不再用"教士"称呼对方，换成了相对友好亲切的"神父"。"你的朋友，神父，"主教道，"当我们找到你们时，你的那位朋友显然已经酩酊大醉了，甚至和他说话他都没反应。埃雷拉神父还发现你们车里装了大量的酒。我认为，以你目前的精神状况，酒一定对你很有吸引力。我个人在做弥撒时会准备圣酒，但我更喜欢喝水。在喝圣酒时，我喜欢想象自己喝的是约旦河的纯净之水。"

1　《圣经·新约》中的人物，是一名非犹太人基督徒，在《圣经》中他伴随保罗赴外地传教并管理教会内部的事务。

"那或许并不纯净。"吉诃德神父道。

"你这话是什么意思，神父？"

"主教大人，我忍不住想起叙利亚人乃缦[1]在约旦河洗了七次澡，用水洗掉麻风病的事。"

"那是古老的犹太人传说。"

"是的，我知道，主教大人，但——说不定传说是真的——麻风病可是种神秘的病。有多少犹太麻风病人会效仿乃缦，在约旦河里洗澡呢？当然，我同意您说的，圣保罗是可靠的向导，您肯定也记得他曾对提多——哦，我记错了，是对提摩太[2]这样写道：'别再沾水：喝点酒藉慰你的胃。'"

房间内陷入了沉默。吉诃德神父以为主教正搜肠刮肚，要引用圣保罗的其他话反驳他，可他错了。主教突然换了话题。"教士，卫兵说发现你和那位前镇长，那个共产党互换了衣服，我对此甚感不解。"

"不是换衣服，主教大人，我只是把罗马领借给他。"

主教闭上双眼。难道主教不耐烦了？或许他正在祈祷，希望上帝能让他明白吉诃德神父的解释。

"为什么把罗马领借给他？"

"他以为我戴着那种领子，一定热得难受，所以我把罗马领借给他体验一下。我不想他误会，以为我大热天坚持戴罗马领是想炫耀……其实，军装或者卫兵的制服肯定比罗马领热多了。我们真幸

---

1 亚兰王的元帅乃缦患麻风病，在约旦河洗浴七次后被治愈。

2 《圣经》的《使徒行传》中记载的一位一世纪使徒。

运，主教大人。"

"巴利亚多利德教区的神父听到传言，说有人瞧见一位主教——或者教士——从放映道德败坏的电影的电影院里走出来——我说的是那种电影，自从大元帅过世之后就开始放映的电影……"

"可能那位可怜的教士并不知道自己要看的是一部怎样的电影。电影的片名有时很有欺骗性。"

"最令人震惊的是——那位主教或教士，人们分不清你和我所戴圣带的区别——走出令人羞愧的电影院时，还哈哈大笑。"

"不是哈哈大笑，主教大人。可能是微笑。"

"我不明白，你为什么要去看那种电影。"

"电影纯洁的片名欺骗了我。"

"什么片名？"

"《少女的祈祷》。"

主教长叹了一口气。"有时我真希望，"主教道，"少女这个称呼仅限用来称呼玛利亚——至少限于信徒之间。我现在明白了，你在埃尔托沃索镇过的是极其幽闭的日子，你并不知道'少女'这个词在我们的大城市中往往代表欲望的诱惑。"

"我承认，主教大人，我对此一无所知。"

"当然，不管教会认为这些事有多丢人，在国民卫兵眼里，这都是芝麻大的小事。我和阿维拉的同事费了九牛二虎之力，才说服他们不追究你的严重违法行为。我们甚至联络了国民卫队内务部的高层，幸好他是一名主业会成员……"

"我猜还是加尔文医生的表亲？"

"他肯帮忙并非出于亲戚的缘故，而是他立刻意识到，如果一位教士站上法庭，被控协助谋杀犯潜逃，会对教会造成无可估量的打击……"

"不是谋杀犯，主教大人。他那一枪打偏了。"

"是银行劫匪。"

"不，不。他抢的是无人售货商店。"

"我希望你不要用无关紧要的细节打断我。莱昂的卫兵发现他穿着你的鞋，鞋里清清楚楚绣着你的名字。"

"那是特丽莎的蠢习惯。可怜的家伙，她本意是好的，她总担心修鞋匠补好鞋后会拿错鞋。"

"我搞不清你是不是在故意捣乱，教士，我们正在谈正经事，你却总提些旁枝末节的小事。"

"抱歉——我并非故意的——我以为你会奇怪，为什么我的鞋里绣着名字。"

"我奇怪的是，你竟然帮助罪犯逃脱法律的制裁。"

"当时那人手里确实拿着枪——当然，他不会开枪。打死我们，他得不到任何好处。"

"卫兵最终接受了那个解释，尽管那人把枪扔了，声称从来没有过枪。不管怎样，卫兵似乎认为，你先把那人藏进后备箱，然后对卫兵说了谎。受到威胁的话你不可能那么做。"

"我没说谎，主教大人。好吧，或许我说得不够清楚。卫兵并没有直接问我那人是否躲在后备箱里。当然，我可以用'广义上的不知情'为自己辩护。黑里贝特·约恩神父说，从法律上来说，被指控的罪犯——在法律意义上我是一个罪犯——可以宣称自己'无罪'，通俗的说法是'在法律证明我有罪之前，我是无罪的。'他甚至认为罪犯可以反诉指控为诽谤，进而递交证据以证明自己的清白——但我觉得黑里贝特·约恩神父的这种看法有点太激进了。"

"这个黑里贝特·约恩神父到底是谁？"

"著名的德国道德神学家。"

"感谢上帝，他不是西班牙人。"

"埃雷拉神父非常推崇此人。"

"不管怎样，我来不是为了探讨道德神学的。"

"我一直搞不明白道德神学，主教大人。比如，我现在就忍不住在想自然法则的概念……"

"我来也不是探讨自然法则的。教士，你有一种令人赞叹的能力，顾左右而言他的奇妙能力。"

"主教大人，那您要探讨的是？"

"我要探讨的是你闹出的丑闻。"

"你指责我说谎……这难道不正属于道德神学的范畴吗？"

"我真的很想，很想相信——"主教又深深叹了一口气，这甚至让吉诃德神父心怀怜悯，而非幸灾乐祸地怀疑，主教大人是不是得了哮喘。——"真的，你病得太厉害，意识不到自己的处境有多危险。"

"我觉得大家都没意识到。"

"都没意识到？"

"我的意思是，只要肯思考就会意识到。"

主教发出一个奇怪的声音，这让吉诃德神父想起特丽莎的母鸡下蛋的情景。"哈，"主教道，"我正要说这事。危险的思想。毫无疑问，你的共产主义同伴引诱你去思……"

"不是他引诱我，主教大人。是他给了我思考的机会。你知道吗，在埃尔托沃索镇，我非常喜欢修理工（他很会照顾'罗西纳特'），屠户则有点混蛋——并非说混蛋有什么大错——当然还有那些会做美味蛋糕的修女们，但只有通过这次度假旅行，我才感受到了自由……"

"那似乎是非常危险的自由。"

"但上帝赋予了我们自由，不是吗——正因为他给予了我们自由，所以他们才把他钉上了十字架。"

"自由！"主教惊叫道，似乎这个词是一枚炸弹。"自由到以身试法？你，身为教士，自由到去看下流电影？协助杀人犯潜逃？"

"不，不，我说了他没打中人。"

"而你的伙伴——一个共产党——和你探讨政治……"

"不，不。我们探讨更多的是比政治更重要的话题。但我必须承认，我以前并不知道马克思还曾勇敢地捍卫过教会。"

"马克思？"

"一个被我们完全误解的人，主教大人。我向你保证。"

"你在这次——极不寻常的——远征中，都在读什么书？"

"我一直随身带着圣方济各的书。为了让埃雷拉神父开心，我还带了黑里贝特·约恩神父的书。《共产党宣言》是朋友借给我的。不，不，主教大人，这本书并不像你想象的那样。当然，马克思所说的我并不完全赞同，但他在书中动情地谈到了宗教，提到'对宗教激情的无上狂热'。"

"我简直再也坐不下去，听一个疯子胡言乱语了。"主教边说边站起身。

"我耽误你太久了，主教大人。你能来埃尔托沃索镇看我，真是太仁慈了。加尔文医生会向你证明，我已经恢复健康了。"

"你的身体也许恢复了。但我认为应该让别的医生再瞧瞧你。当然，在向大主教写信汇报之前，我会先咨询加尔文医生的。我会为你祈祷。"

"非常感谢您为我祈祷。"吉诃德神父道。他发现主教并没让他亲吻戒指，直接就出了门。吉诃德神父立刻开始责备自己不该乱说话。我惹火了那个可怜的家伙，神父暗道。对主教应该十分谨慎，就好像对待那些特别贫穷和从未受过教育的人一样。

神父听到门外走廊里有人在嘀嘀咕咕，接着有人用钥匙将他房间的门反锁上了。我被关起来了，神父心想，就像塞万提斯一样。

II

吉诃德教士的第二次历险

1

吉诃德神父被突突突的发动机声惊醒了，即使在梦中他也听得出来，这是"罗西纳特"的声音。没错，就是"罗西纳特"——声调哀伤，与大型汽车那充满怨恨，无礼而又急躁的声音不同，它只会鼓励你，"如果你需要我，我就在这儿。"神父立刻跑到窗前，向外四处张望，"罗西纳特"肯定停在他看不见的地方，因为他只看到房前停着一辆亮蓝色的汽车，并不是自己那辆锈迹斑斑、红色的"罗西纳特"。他转身走到房间门口，用力晃着门把手，早已忘记门已经被锁上了。门外传来特丽莎的声音："嘘，神父，别着急，给他一点儿时间。"

"给谁一点时间？"

"埃雷拉神父去忏悔室了，如果没人忏悔，他从不在那儿多待。所以我告诉修理部的小伙子，让他赶去教堂，抢在埃雷拉神父回来之前，用冗长的忏悔拖住他。"

听了这番话，吉诃德神父更摸不着头脑了。这可不像他之前在埃尔托沃索镇过了几十年的生活。怎么一切都变了样？

"你能打开门吗，特丽莎？'罗西纳特'回来了。"

"是的，我知道。我根本认不出她了，可怜的宝贝，换了一身亮蓝色的车漆，甚至连车牌都换了。"

"特丽莎，请打开门。我必须瞧瞧'罗西纳特'怎么了。"

"我打不开，神父，我没有钥匙。但别担心，给他点时间，他会打开的。"

"他是谁？"

"当然是镇长。"

"镇长？他在哪儿？"

"他现在在你书房里，不然还会在哪儿？他正想法打开被埃雷拉神父锁上的橱柜——用我的发夹和一瓶橄榄油。"

"为什么用橄榄油？"

"我不知道，神父，不过我相信他。"

"橱柜里有什么？"

"你的裤子，神父，还有你的上衣。"

"如果他能打开橱柜，怎么不来开房门？"

"我也是这么问他的，但他说做事要讲究轻重缓急。"

无奈之下，吉诃德神父只好耐着性子等，特丽莎的现场解说不但没让他安心，反而惹得他愈发心焦。"哦，我还以为他成功了，可橱柜还是打不开，现在，他拿起一片埃雷拉神父的剃须刀片。埃雷拉神父肯定会发现的，他总清点刀片……现在，刀片断了，上帝啊，他又拿起了埃雷拉神父的指甲刀……等等，别急，感谢上帝，橱柜打开了。我只希望他能快点打开你的门，否则埃雷拉神父就回来了——修理部那个小伙子的想象力可拖不住太久。"

"你还好吗，神父？"门外传来镇长的声音。

"我很好，不过你对'罗西纳特'做了什么？"

"我把车停在巴利亚多利德的朋友那儿，让他给'罗西纳特'打扮了一番，好让卫兵认不出她——起码一眼认不出来。现在，我准备开你的门了。"

"不用，我可以从窗户出去。"

算我走运，吉诃德神父心中暗道，没人看见教区的神父穿着睡衣从窗口爬出去，然后去敲自家的门。特丽莎识趣地躲进了厨房，神父在书房里匆忙穿好衣服。"橱柜的门被你搞得一团糟。"神父抱怨道。

"那门比我预想的难开。你在找什么？"

"我的罗马领。"

"这有一个。我还在车里给你备好了'围嘴'。"

"那东西给我惹了不少麻烦。我不会再戴它了，桑丘。"

"那就放车里带着，万一有用呢。这谁也说不准。"

"我找不到我的袜子了。"

"我那儿有你的紫袜子，还有你的新鞋。"

"我在找我的旧鞋。抱歉。我忘了，我再也别想找到它们了。"

"它们现在在国民卫兵手里。"

"是的，我忘了。主教都告诉我了。我们必须走了。希望可怜的主教别气得中风。"

这时，神父突然注意到一封信。他本该早发现这封信的，因为信就靠在他的一本神学书上，上面压着一本书，信下面垫着另外两本。写信人显然是故意把信放在显眼的位置。神父瞧了瞧信封，然后把信揣进兜里。

"那是什么？"镇长好奇地问道。

"我觉得是主教写的信，他的字我很熟悉。"

"你不瞧瞧吗？"

"倒霉事可以等喝马拉加葡萄酒的时候再说。"

神父走进厨房向特丽莎告别。"我真不知道你要如何向埃雷拉神父解释。"

"需要解释的人是他。他为什么要把主人锁在主人家的主人房间里，还拿走了主人的衣服？"

神父亲吻了特丽莎的额头，两人在一起多年，这还是他第一次这么做。"上帝保佑你，特丽莎。"神父说道，"你一直尽心尽力照顾我。这么久，一直都很耐心。"

"告诉我你要去哪里，神父？"

"你最好不要知道，因为他们会问你。但我可以告诉你，我打算找个安静的地方好好休息一段时间。"

"和那个共产党？"

"你的口气听起来很像主教，不要这样，特丽莎。镇长一直是我的好朋友。"

"我觉得他不是那种会在安静的地方好好休息的人。"

"这可说不准，特丽莎。我们在路上还碰到过比这更奇怪的事。"

神父转身要走，特丽莎在身后道：“神父，我感觉这次可能就是永别了。”

“不，不，特丽莎，基督徒是没有永别这种事的。”

神父习惯性地举起手，想画个十字作为祝福，可是没画完。

我相信我对她说的话，神父一边去找镇长，一边心中暗道。我当然相信，可为什么一提到信仰，我就感到惶恐，似乎总摆脱不了不信任的念头。

2

“我们现在去哪儿？”镇长问道。

“必须有目的地吗，桑丘？上一次，我们一会儿去这里，一会儿去那里。我觉得我们把自己交到了上帝手中，当然，我的说法你可能不会赞同。

“按照你的说法，上帝可不是靠谱的向导。他把你带回到这儿，埃尔托沃索镇，还把你关了起来。”

“是的，但谁知道呢？——上帝行事历来让人难料——他也许想让我见见主教。”

“是出于为主教考虑——还是为你？”

“我怎么知道？至少我从主教那里知道了一些事情，不过我怀疑主教没从我身上了解到什么。谁知道呢？”

“既然如此，你的上帝现在建议我们去哪儿呢？”

“何不走之前的老路？”

"一旦主教向卫兵报警说我们跑了，卫兵可能会猜到我们会走老路。"

"并非走原路。我不想再去马德里或巴利亚多利德了。那会让我想起不好的回忆——除了那个历史学家的房子。"

"历史学家？"

"伟大的塞万提斯。"

"我们必须尽快决定，神父。南方太热了。我们去北方吧，巴斯克还是加利西亚？"

"我赞成。"

"赞成哪个？你没回答我。"

"把细节留给上帝决定吧。"

"那谁开车？你确定上帝拿到驾照了吗？"

"当然是我开车。让我像旅客一样坐在车上，'罗西纳特'会感到奇怪的。"

"起码让车速达到正常速度吧。我在巴利亚多利德的朋友说，她完全可以跑到每小时八十公里甚至一百公里。"

"他才和'罗西纳特'待了多长时间，根本不了解'罗西纳特'。"

"我现在不想和你争。我们该上路了。"

可是想离开埃尔托沃索镇并不容易。吉诃德神父挂上挡，刚要开车，就听到有人喊"神父，神父"。一个男孩从他身后的路上跑了过来。

"别理他，"镇长催促道，"我们必须马上离开这里。"

"我得停车。那是修理部管气泵的男孩。"

男孩跑到车前，累得上气不接下气。

"怎么了？"神父问道。

"神父，"男孩喘着气说，"神父。"

"我问你怎么了？"

"我的赦免被拒绝了，神父，我会下地狱吗？"

"对此我深表怀疑。你做了什么？杀了埃雷拉神父？我不是说那样就必定要下地狱。前提是你有充分合理的原因。"

"就是他拒绝为我赦免的，我怎么会杀了他？"

"说得有道理。他为什么不为你赦免？"

"他说我在拿忏悔开玩笑。"

"哦，亲爱的，我忘了，特丽莎派去的人原来是你……她真不该这么做。但她也是一番好意，我确定你们两个都会被宽恕的。不过她的确说过，说你缺乏想象力。埃雷拉神父为什么不肯为你赦免？你到底编了什么谎话？"

"我只不过对他说，我睡过很多女孩。"

"埃尔托沃索镇根本没那么多女孩，除非算上修女。你没有对他说你睡过修女吧，是吗？"

"我绝不会说那种事的，神父。我可是圣母爱子会[1]的秘书。"

"埃雷拉神父铁定会进主业会的，"镇长插嘴道，"看在上帝的份上，我们走吧。"

---

1 男女青少年教友团体之一，以在青少年团体中推行圣母敬礼为宗旨，始于十二世纪。

"你到底对他说了什么，他又是怎么说的？"

"我说'替我祝福吧，神父，我有罪……'"

"不，不，直接说重点……"

"好吧，我对神父说，我做弥撒总迟到，他问我迟到过几次，我说二十次。接着我又告诉他，我说过谎，他问我说过几次谎，我说四十五次。"

"你还真敢往多了说，不是吗？然后呢？"

"我想不到还有什么可忏悔的，可又怕拖不住神父，惹特丽莎生气。"

"再见到特丽莎你转告她，明天她忏悔时最好双膝跪地。就说是我说的。"

"接着他问我是否犯过色欲之罪，我灵机一动，说我和女孩睡过觉，他问我睡过多少女孩时，我说'大概六十五个左右'，然后他就勃然大怒，气冲冲地把我赶出了忏悔间。"

"难怪。"

"我会下地狱吗？"

"就算有人下地狱，也是特丽莎，你可以告诉她这是我说的。"

"我其实说的都是谎话。做弥撒我只迟到过一次，而且事出有因——太多游客要给轮胎打气。"

"那你到底说过几次谎呢？"

"最多两到三次。"

"那女孩的事呢？"

"在埃尔托沃索镇，你根本找不出会那样做的女孩，因为她们都惧怕修女。"

镇长突然插嘴道："我瞧见埃雷拉神父出了教会，正向这边过来了。"

"听着，"吉诃德神父道，"你念一遍痛悔短祷，并且向我保证，即使以后特丽莎再让你这么做，你也不会在忏悔时说谎了。"

吉诃德神父默默听着男孩嘴里嘟囔着。"你保证吗？"

"哦，我保证。为什么不呢？我一年就只去忏悔一次。"

"跟着我复述，'神父，我在你面前向上帝保证。'"

男孩重复了吉诃德神父的话，神父语速飞快地为他赦免了罪过。

镇长催促道："那个该死的神父离我们大概只有一百步了，神父，他开始跑了。"

随着吉诃德神父发动引擎，"罗西纳特"像羚羊一般蹿了出去。

"时间刚刚好，"镇长道，"不过他跑得差不多和'罗西纳特'一样快。哦，感谢上帝，那个男孩真是救世主。他伸出脚绊倒了神父。"

"如果那个男孩的忏悔有任何问题，都是我的责任。"神父说道。但他是在跟自己、上帝还是镇长说话，谁也不清楚。

"至少让'罗西纳特'跑到五十五公里吧。你的老姑娘甚至还没发力呢。那个神父马上就会向卫兵汇报的。"

"没你说的那么快，"吉诃德神父安慰镇长道，"他会先狠狠训那个男孩一顿，然后再向主教报告，但主教没那么早到家。"

"说不定他会先报告卫兵。"

"绝不可能。他像秘书一样谨慎。"

待两人的车驶上通往阿利坎特的高速公路，镇长打破了沉默。"向左开。"镇长命令道。

"确定不是去马德里吧？除了马德里，去哪儿都可以。"

"别进城，"镇长说道，"只要有村子，我们就走村里的路。一旦进了山里就安全多了。我猜你没有护照吧？"

"没有。"

"那就没法躲到葡萄牙去了。"

"躲谁？躲主教？"

"神父，你好像还没意识到你犯了重罪。你放跑了船上的一名奴隶。[1]"

"可怜的家伙。他只拿了我的鞋，那鞋比他自己的鞋也好不到哪儿去。他注定会失败的。我总有种感觉，总失败的人——他的车甚至没了油——比我们离上帝更近。当然，我应该为他向我的祖先祈祷。堂吉诃德最了解失败了，他甚至败给了风车。"

"那你可要向他为我们好好祈祷祈祷。"

"哦，我会的，我会的。我们失败的还不够多，桑丘。我们现在又出发了，你、我还有'罗西纳特'又上路了，而且自由自在。"

两个多小时之后，他们绕路来到一座名为莫拉的小镇。从这里车子驶上了通往托莱多的主路，但不过走了几分钟而已。"我们必须开进托莱多的山里，"镇长道，"这条路不适合我们。"他们调转

1　在《堂吉诃德》书中，堂吉诃德释放了船上的奴隶。镇长此处指神父协助抢劫犯潜逃。

车头，七拐八绕了一会儿，最终开上一条异常崎岖的小路，从太阳的位置判断，他们似乎绕了半圈。

"你知道我们现在在哪儿吗？"吉诃德神父问道。

"差不多吧。"镇长含糊其辞地说。

"我有点饿了，桑丘。"

"你的特丽莎给我们准备了够吃一周的香肠和奶酪。"

"一周这么久？"

"因为我们住不了宾馆，不能走主路。"

他们在托莱多的山里找了一处高地，非常适合就餐，在这里将车开出道路，人和车都能躲起来。附近正好有一条小溪可以冰酒，溪水涓涓流入到下方的湖里。镇长通过地图，好不容易确定了湖的名字叫做亚伯拉罕[1]塔——"我不懂人们为什么用这个老混蛋的名字命名这里。"

"为什么说他是混蛋？"

"他不是打算杀掉自己的亲生儿子吗？哦，当然，还有相比来说更可恶的混蛋——那个人你称之为上帝——他确实做过一些很丑恶的事。正是因为有上帝做榜样，斯大林效仿他杀了自己的圣子们。差点连共产主义也被一并送入坟墓，就好像罗马教廷灭绝了天主教[2]。"

"没有灭绝，桑丘。说到罗马教廷，你身旁可就站着一位天主

1　《圣经·旧约》中记载，耶和华曾呼叫亚伯拉罕，命其将爱子以撒作为牺牲，献给耶和华。当亚伯拉罕准备动手时，天使告诉他这是上帝的磨练。

2　随着欧洲宗教改革的进行，从16世纪20年代开始，天主教内部也进行了改革，他们清除内部积弊，强化异端裁判所等。

教徒。"

"是的，说起中央政治局¹，你面前还站着一位共产党。神父，你和我，我们都是幸存者。让我们为此干杯。"镇长从溪水里拿出一瓶酒。

"敬幸存者。"吉诃德神父举起杯子道。他现在非常渴望喝上一杯。有一件事他总感到惊讶，他祖先的传记作者几乎从未在书中提到过酒，也找不到堂吉诃德误将酒囊当作敌人，把酒囊扎了个窟窿的事迹。神父给自己又倒了一杯酒。"我觉得，"他对镇长道，"相比你的党，你更信仰共产主义。"

"这也正是我刚想跟你说的，神父，你似乎更信仰天主教，而非罗马教廷。"

"信仰？哦，信仰。也许你说得没错，桑丘，不过，信仰也许并不重要。"

"此话怎讲，神父？我以为……"

"堂吉诃德真的信仰高卢的阿玛迪斯、罗兰和他的那些骑士英雄们吗——还是说他只是信仰那些人所代表的美德？"

"我们谈的话题越来越危险了，神父。"

"我知道，我知道。桑丘，有你在身旁，我的思绪比我独自一人时更天马行空。当我一个人读书时——总是全身心沉浸在书中，迷失了自己。当我读到比我更优秀的人所抱有的信仰，当我的信仰像身体一样随着岁月愈发衰弱时，我会对自己说，我一定是搞错

---

1 苏联共产党中央委员会，简称苏共中央，是苏共产党的中央权力组织。苏共中央政治局由苏共中央选出并对其报告。

了。我的信仰对我说，你错了——这也许只是那些比我更优秀的人的信仰对我的指点？我听到的声音是我自己的信仰还是圣方济各的信仰？这确实很重要吗？给我来点奶酪。喝了酒就想多说话。"

"你知道在埃尔托沃索镇，我为什么想和你做朋友吗，神父？并非因为你是当地唯一受过教育的人。我不太喜欢受教育的人。别跟我提知识分子或文化。我喜欢你，因为我觉得你和我正好相反。我讨厌自己，每天刮胡子时都讨厌自己那张脸，我的朋友们和我像一个模子刻出来的。佛朗哥死后，天下太平了，我会去雷阿尔城[1]参加党内聚会。我们虽然互相称呼对方为'同志'，却心存畏惧，因为我们太了解彼此了，就像了解自己一样。我们互相引用马克思和列宁的话，那像是暗号，以证明我们值得信任，我们从不把让自己夜不能寐的质疑告诉对方。我喜欢你，因为我认为你从不会质疑。我之所以喜欢你，我想是出于嫉妒。"

"你真大错特错了，桑丘。我也满心质疑，对一切都抱有怀疑，甚至都不确定上帝是否存在，但和你们不同，你们将质疑看作背叛。质疑是人的本性。哦，我愿意相信一切都是真的——但能确定无疑的却只有这个愿望。我希望其他人也如我一样相信——有些人会反过来影响我。比如，面包师就相信一切都是真的。"

"我还以为你也相信呢。"

"哦，不是的，桑丘，否则我就已经烧了我的书，不和任何人接触，并认定一切都是真的。'认定'？那是多么可怕的事。哦，

---

1 位于拉曼查地区。

对了，总说'要耐心，从头来过'的人是谁，你的祖先还是我的祖先？"

"来点香肠吗，神父？"

"我觉得我今天应该只吃奶酪。香肠是为意志更坚强的人准备的。"

"那我今天也应该只吃奶酪。"

"再开瓶酒？"

"为什么不呢？"

下午的时光飞逝，桑丘道："我要向你忏悔，神父。哦，我们现在没在忏悔室。我不想祈求你那位神秘的上帝或我天上的上级宽恕，我只希望你宽恕我。"他若有所思地瞧着自己的酒杯，"如果我没去找你，你会怎样？"

"不知道。我觉得主教已经确信我疯了。他们或许会把我关进疯人院，但加尔文医生不会赞同他们的做法。法律对没亲戚的人是怎么规定的？可以不顾当事人的反对将他关起来吗？也许主教有埃雷拉神父帮他……当然，这背后总有大主教在出谋划策……他们绝不会忘记那次我把一点点钱给了'囚犯关爱之家'组织的事。"

"我们的友情正是从那时建立的，虽然我们几乎没说过话。"

"这就像学习弥撒。你在神学院学的东西总也不会忘。哦，上帝啊，我彻底把那事忘了……"

"什么事？"

"主教留了封信。"吉诃德神父从口袋里掏出那封信，在手里翻来翻去。

“快点打开。这又不是死亡判决书。”

“你怎么知道？”

“托尔克马达的时代已经结束了。”

“只要教会存在，托尔克马达这样的人就不会灭绝。再给我来杯酒。”神父小口喝着酒以拖延时间，他害怕打开信。

桑丘一把将信夺过来，打开瞧了瞧，道：“信很短。'Suspensión a Divinis'是什么意思？”

“果然被你说中了，是死亡判决书，”吉诃德神父道，“把信还给我。”他将未喝完的酒放下。“豁出去了。只要死了他们就拿我没办法了。到那时，就只有上帝的仁慈了。”神父大声读起信来。

“'亲爱的教士，听你亲口承认了你所犯下的全部罪过，我甚为痛心，在此之前，我几乎确定那完全是误会、夸大其词或恶意诽谤。'这个伪君子！哦，好吧，估计要想成为主教就必须虚伪，在黑里贝特·约恩神父眼里，虚伪可能是不值一提的罪过。'尽管如此，我依然倾向认为，你和共产党同伴互换衣服的行为并非故意蔑视上帝，而是因为严重的精神错乱。这同样解释了你为何会协助重罪犯潜逃，为何戴着教士的紫色圣带，观看有明确提示的下流淫秽电影，却丝毫不感到羞耻。我已经和加尔文医生商讨过你的病情，他同意我的提议，你需要长久的休息，我会写信向大主教说明情况。与此同时，身为主教的我不得不履行我的职责，宣布对你实行Suspensión a Divinis。'”

“你刚才说的那句死亡判决是什么意思？”

“那句话的意思是，禁止我做弥撒——不得在公众场合做弥撒，甚至私下做弥撒也不可以。只有在自己的房间里，为了赦免自己的罪才可以做弥撒。除非遇到极其紧急的情况，否则也不能听任何人的忏悔。我还是神父，但只是我自己一个人的神父。一个不能服务他人，毫无用处的神父。我很高兴你来救我。否则我如何能忍受在埃尔托沃索镇过那种生活？"

"你可以向罗马教廷申辩。别忘了，你是高级教士。"

"罗马教廷的申辩文件多得都落满了灰，高级教士也不稀奇。"

"我刚说过我要向你忏悔的，神父。我差点没能回来救你。"这次换做镇长借酒鼓足勇气。"发现你失踪后——附近有两个美国人见过你，他们以为你死了，但我知道你没死——我当时打算借用你的'罗西纳特'去葡萄牙。那儿有我党内的好朋友，我准备在那儿待一段时间，等一切风平浪静再说。"

"但你没去葡萄牙。"

"我把车子开到庞费拉达，随后上了去奥伦赛的主路。我打算按照地图所示，走辅路，那条路离边境不到六十公里。"镇长耸耸肩。"可是，等我上了辅路，却调转车头开回了巴利亚多利德，让修理部的同志给车重新涂了漆，换了车牌。"

"你怎么回来了呢？"

"我看见你那该死的紫袜子、'围嘴'和我们在莱昂给你买的新鞋，突然想起你吹爆气球的情景了。"

"这些貌似都是微不足道的理由。"

"对我来说足够了。"

"我很高兴你回来了，桑丘。和你还有'罗西纳特'在一起我感觉很安全，比跟埃雷拉神父在一起更有安全感。埃尔托沃索镇再也不是我的家了，我也没有家人，此时此刻，身边只有你。"

"我们必须再给你找个家，神父，但去哪儿找呢？"

"一个安静的地方，可以让'罗西纳特'和我休息一段时间的地方。"

"一个卫兵和主教找不到的地方。"

"你说过奥赛拉有特拉普派的修道院……但住那儿你肯定会感觉不舒服，桑丘。"

"我可以先把你送到修道院，然后在奥赛拉雇辆车带我越过边境。"

"我不想结束我们的旅程。除非我们死了，桑丘。我的祖先死在他的床上。如果他继续冒险，也许就不会死。我还不想死，桑丘。"

"我担心的是卫兵的电脑。'罗西纳特'伪装得很好，但他们可能正守在边境，等着抓我们。"

"不管你喜不喜欢，桑丘，你必须在特拉普派的修道院住上一到两周。"

"那儿的食物很糟糕。"

"酒可能也不怎么样。"

"那最好在路上多买点加利西亚的葡萄酒。我们的马拉加葡萄酒马上就要喝光了。"

III

吉诃德教士是怎样混在墨西哥人中经历最后一次历险的

他们在荒郊野外露营了三个晚上，一路小心谨慎，专挑人少的路走。两人一路穿过托莱多山区，海拔八百米的瓜达卢佩山脉对"罗西纳特"是个考验，然而当他们终于抵达格雷多山脉时，才发现前方的路更难走。为了绕开萨拉曼卡前往杜罗河，与可以保证他们安全的葡萄牙隔河相望，还要再爬一千五百米蜿蜒曲折的山路。翻山越岭的速度极其缓慢，但镇长宁愿选择山路，也不愿意走卡斯提尔平原，因为平原空旷，很远就能瞧到政府的吉普车，而且平原上都是极小的村子，甚至都容不下一个卫兵哨所。他们一路行进缓慢还有另外的原因，地图上凡是标为黄色的二级公路他们都不走，只走三级公路。至于红色的主路，早被他们定为禁行区了。

一到夜幕降临，山里必然寒冷，在享用奶酪和香肠时，他们乐于将葡萄酒换成威士忌。饭后两人就蜷缩在车里，艰难入睡。当最终不得不下山，进入平原后，镇长瞧着标示着葡萄牙方向的路牌，一脸憧憬。"如果你有护照多好，"镇长道，"那样我们就可以去布拉干萨[1]了。与西班牙的同志相比，我更喜欢那儿的人。库尼亚尔[2]

---

1 葡萄牙东北部城市。

2 葡萄牙共产党中央委员会书记。

比卡里略[1]更好。"

"我还以为共产党认为卡里略不错。"

"你不能相信一个欧洲共产党。"

"你确定你不是斯大林主义者吗，桑丘？"

"我不是斯大林主义者，不过那帮人起码不会让你感到迷惑。和耶稣会士不同，他们不是墙头草。如果说残忍，他们对自己也残忍。当你走到最漫长道路的尽头时，你不得不躺下来休息——从此远离争吵、理论和路线。你可以说：'我不相信，但我接受'，然后像特拉普派修道士一样从此沉默。特拉普派就是教会里的斯大林主义者。"

"你会是一名优秀的特拉普派修道士的，桑丘。"

"也许吧，但我不喜欢早起。"

进入加利西亚省后，他们在一座村子里停了车。镇长想找人询问附近是否有葡萄庄园，好买些好酒，他们的马拉加葡萄酒已经所剩无几了，镇长对所有带酒标的葡萄酒都持怀疑态度。离开十分钟后，镇长闷闷不乐地回来了，吉诃德神父见状焦急地问道："出什么事了吗？"

"哦，我问到地址了。"镇长向神父描述了去葡萄庄园的路线，之后接下的半小时里却一声不吭，只用手示意神父在哪儿转弯。镇长不寻常的态度让吉诃德神父深感不安，他迫切想知道究竟。"你看起来忧心忡忡，"吉诃德神父道，"是因为卫兵吗？"

1　西班牙共产党总书记。

"哦，卫兵，"镇长叫道，"他们好对付。在阿维拉和去莱昂的路上我们不是应付得很好吗？卫兵不值一提。"

"那你在烦什么？"

"有些事让我感到困惑。"

"什么事？"

"那些自大的村民和他们糟糕的口音。"

"他们是加利西亚人，桑丘。"

"他们知道我们是外省人，以为说什么我都会照单全收。"

"他们对你说什么了？"

"他们摆出一副对葡萄酒非常懂行的样子。争论着三家葡萄庄园中哪家酒好——哪家白葡萄酒最棒，哪家红葡萄酒最好，最后还提醒我——他们简直把我当傻子，假装对酒非常在行，就因为我是外省人。那帮加利西亚人真是井底之蛙！我们这儿有西班牙最好的葡萄酒，他们这么对我说，好像我们的马拉加葡萄酒就是马尿一样。"

"他们提醒你什么？"

"三家葡萄庄园中有一家靠近一个叫做黎瑞格的地方。他们提醒我：'不要去黎瑞格，那儿到处都是墨西哥人。'这是他们最后对我说的话。等我走了，他们还在我身后喊：'离墨西哥人的地盘远点。他们的神父甚至连葡萄酒都要糟蹋。'"

"墨西哥人！你确定没听错吗？"

"我又不是聋子。"

"他们那话是什么意思？"

"也许是潘乔·比利亚[1]又从坟墓里爬了出来，正洗劫加利西亚呢。"

半小时后，车子驶入了黎瑞格葡萄庄园所在的地界。

右手边，南面的山坡上爬满了绿油油的葡萄藤，左手边则出现了一个破败的村子，仿佛一具被遗弃的尸体躺在地上，悬崖边上随处可见破旧不堪的房子，看上去像是口中残缺不全的牙齿。

镇长命令道："别走村子里。继续向前开五十码，然后下车向上走。"

"向上到哪里？"

"他们称他为迭戈先生。那帮人争到最后达成一致，一直赞同他的酒是最好的。'那里还没被墨西哥人玷污。'他们是这么说的。"

"又是墨西哥人。这让我感到不安，桑丘。"

"勇敢点，神父。风车都没让你畏缩，难道还怕几个墨西哥人不成？那儿应该就是上去的路，我们把车停这儿。"两人将"罗西纳特"停在一辆奔驰车后，这辆奔驰车霸占了最佳的停车位。

他们刚沿路向上走，迎面撞见一个矮壮男子急匆匆冲下来。男子身穿时髦西服，打着惹眼的条纹领带，一边走，一边还怒气冲冲，嘴里念念有词。他们差点撞在一起，幸好男子一个急刹车，挡在两人面前。"你们这是要上去买酒？"男子喊道。

"是的。"

"不用去了，"男子说道，"他疯了。"

1　1910 年–1917 年墨西哥革命时北方农民义军领袖。

"谁疯了？"镇长不解道。

"当然是迭戈先生，还能是谁？他那儿有一酒窖上好的葡萄酒，却不肯让我尝上一杯，我可是打算买十二箱的。他说他讨厌我的领带。"

"对您的领带各人有各人的看法。"镇长小心翼翼地说道。

"我自己也是商人，告诉你，做生意不是这个做法。可现在到别的地方买酒已经来不及了。"

"为什么这么急？"

"因为我答应了神父。我这人从来说一不二。信守承诺是美德。我向神父承诺要拿酒过去。这可是对教会的承诺。"

"教会要十二箱酒做什么？"

"这不只是承诺那么简单。可能会让我失去我的位置。除非神父愿意接受现金。他不收支票的。请让开，我不能在这儿聊天，但我警告你们……"

"我不明白他在说什么。"吉诃德神父纳闷道。

"我也不明白。"

两人一路向上走，路尽头现出一座年久失修、急需修缮的房子，一张桌子摆在一棵无花果树下，桌上的残羹剩饭还没收拾。一位身穿蓝色牛仔服的小伙子急匆匆迎过来，道："迭戈先生今天不见客。"

"我们只想买点酒。"镇长解释道。

"抱歉，让您白跑了一趟。今天不行。跟我说聚会也没有用。

迭戈先生对聚会不感兴趣。"

"我们买酒不是为了聚会。我们途经此地，恰巧没有酒了。"

"你们不是墨西哥人？"

"不，我们不是墨西哥人，"吉诃德神父坚定地答道，"行行好，神父……就买几瓶酒而已。我们正赶往奥赛拉的特拉普派修道院。"

"特拉普？你怎么知道我是神父？"

"等你做神父像我一样久时，就能认出自己的同伴了，即使他不带罗马领。"

"这位是埃尔托沃索镇的吉诃德高级教士。"镇长说道。

"你是教士？"

"别提教士了，神父。我不过是教区的一名神父，我猜你也是。"

小伙子转身向房子跑去，嘴里喊着："迭戈先生，迭戈先生。快出来。教士来了。我们这儿来了位高级教士。"

"这个地方教士很少见吗？"镇长问道。

"很少见？当然。这儿附近的神父——都是墨西哥人的朋友。"

"我们刚碰到一个男的——他也是墨西哥人？"

"当然。是坏墨西哥人。所以迭戈先生才不把酒卖给他。"

"我还以为是他领带的缘故。"

一位端庄体面的老人现身房门前，他那愁苦的面容说明其曾饱经风霜，见识过太多的世事无常。老人瞧着眼前的镇长和吉诃德神父，踌躇了片刻，然后做出了错误的判断，他向镇长伸出双手。"教士，欢迎你。"

"不，不，"年轻神父叫道，"另一位才是教士。"

迭戈先生闻言把手转向吉诃德神父，瞧着他。"原谅我，"老人说，"我的眼神大不如从前。不行了，看不清楚了。就说今天早上吧，我和我的孙子在庄园里散步，总是他发现野草，我已经看不见了。请坐，两位都坐，我给你们拿些吃的喝的。"

"他们要去奥赛拉，去特拉普修道院。"

"特拉普派修道士都是好人，可他们的酒，我确定不太好，至于他们做的利口酒……你们一定要给他们捎去一箱酒，当然，你们也要拿一箱。我的这颗无花果树下还从没招待过教士。"

"迭戈先生，您和他们一起坐，"年轻神父道，"我去拿火腿和酒。"

"把白葡萄酒、红葡萄酒都拿来——给每人拿个碗。"我们的聚会要比那些墨西哥人的更好才对。"待神父走远，听不到谈话时，老人说道，"如果这儿的神父都像我孙儿就好了……我把庄园交给他都放心。他不选择做神父多好。这都是他母亲的错。我儿子是绝不会允许他做神父的，要是他没死的话……今天我瞧见何塞拔草，可我再也看不清草了，我当时就想，'我和这个葡萄园都已来日无多。'"

"这是您孙子的教区吗？"神父问道。

"哦，不，不是。他的教区离这儿四十公里。这儿本是他的教区，可他被这儿的神父赶走了。他们认为他是个危险人物。可穷人都喜欢他，因为无论谁去世他都免费为人祈祷。收钱祈祷简直是无稽之谈！说几句话就收一千比塞塔。神父们给主教写信，尽管有些好墨西哥人替他辩护，可他们还是把他赶走了。如果你们在这儿多逗留一段时间，你们就都清楚了。你们可以瞧一瞧，穷乡僻壤的神父对墨西哥人带来的钱有多贪婪。"

"墨西哥人，墨西哥人，这些墨西哥人到底是什么人？"

年轻神父拿着几碟火腿，四个大陶瓷碗，几瓶红葡萄酒和白葡萄酒回到无花果树下。他在每个碗里倒满酒。"先尝尝白葡萄酒，"年轻人道，"别客气。刚才那个墨西哥人来之前，迭戈先生和我已经吃过了。吃火腿，别客气——这是好火腿，自家做的。在特拉普修道院可吃不到这种火腿。"

"关于那些墨西哥人……请给我们讲一讲吧，神父。"

"哦，他们来这儿建了豪宅，用钱收买了神父。他们甚至认为，用钱可以买到圣母玛利亚。别说那些人了。我们谈点别的吧。"

"但那些墨西哥人到底是些什么人？"

"哦，他们中也有好人。这点我不否认。很多人很好，但依然……我就是搞不懂。他们有很多钱，又离开那么久了。"

"很早就从墨西哥过来了？"

"是很早就离开了加利西亚。教士，你还没吃火腿，请……"

"我很高兴，"迭戈先生道，"今天在这棵无花果树下招待了教士……教士……"

"吉诃德教士。"镇长说道。

"吉诃德？难道是那位堂吉……"

"他不值一提的后人。"吉诃德神父打断老人。

"你的朋友呢？"

"说到我，"镇长道，"我算不上桑丘·潘沙的真正后人。我们只是姓氏相同，仅此而已，但我可以向您和吉诃德神父保证，我曾有过有趣的冒险，尽管它们相比于……"

"这酒非常不错，"迭戈先生道，"何塞，去，再从左边的第二个桶里取些酒……你知道我说的是哪个……只有最好的酒才配得上吉诃德神父和他的朋友桑丘先生。而且我们应该用最好的酒诅咒这儿的神父下地狱。"

待何塞神父离开，迭戈先生极为悲伤地说："我从没想过我的孙子会成为神父。"吉诃德神父瞧见老人眼里泛着泪花。"哦，我不是瞧不起神父的职业，教士，我怎么会那么想呢？我们有个好教皇，但即使是教皇，要是每天做弥撒时必须忍受何塞同事们买的那些糟糕的酒，那肯定也是种折磨。"

"大家都只喝一丁点而已，"吉诃德神父道，"几乎品不出什么味道。圣酒的味道和餐馆里贴着漂亮酒标的酒差不多。"

"没错，你说的一点儿没错，教士。哦，每周都有浑球来我这儿买酒，然后把我的酒和其他酒混在一起，他们称其为里奥哈葡萄酒，然后在西班牙境内推销，骗那些分辨不出酒好坏的可怜外国人。"

"您怎么能分辨出谁是浑球，谁是好人呢？"

"根据买多少酒就能看出来，而且浑球们往往都不先来一杯尝尝味道。"老人继续道，"要是何塞结婚生子就好了。我从何塞六岁时就开始教他打理葡萄园，现在他已经像我一样能干了，而且他的视力比我的好得多。他很快就可以再教他儿子……"

"您不考虑找一位好经理吗，迭戈先生？"镇长建议道。

"这是个傻问题，桑丘先生——我以为共产党才会这么问。"

"我就是共产党。"

"请原谅，我不敢对共产党的本职工作妄加评论，但他们对打理葡萄园并不在行。如果愿意，你们共产党可以为西班牙每座水泥建筑安排一位管理者。派人管理建筑、军工厂、煤气和电力站，可无法派人管理葡萄园。"

"此话怎讲，迭戈先生？"

"葡萄有生命，好比花朵或鸟儿，并非出于人类之手——我们只能帮助它生长——或死亡，"老人的语气中满是伤感，面色沉凝，瞧不出任何表情，那神态就好像刚合上一本他不希望读的书。

"这是我们这儿最好的酒。"何塞神父突然说——吉诃德神父他们都没听见何塞神父回来的动静——他举着一个大水壶给大家倒酒。

"确实是从那个酒桶里拿的吧？"迭戈先生确认道。

"当然。左边第二桶。"

"现在我们可以举杯诅咒这儿的神父了。"

"我要渴死了，能不能先让我喝点好酒，然后再决定为什么干杯？"

"当然可以，教士。让我们先敬别的吧。敬教皇？"

"敬教皇和他的美意，"吉诃德神父对敬酒的对象稍作了修改，"这真是实实在在的美酒，迭戈先生。我必须说，虽然埃尔托沃索镇合作社的酒也不错，但和这酒无法相比。您的酒可不止不错，简直堪称佳酿。"

"我发现，"迭戈先生道，"你的朋友没有一起干杯。共产党应该可以向上帝的美意致敬吧？"

"您会向斯大林的美意致敬吗？"镇长反问道，"不理解某人的美意，就无法向其致敬。您认为教士的祖先真能代表西班牙骑士吗？哦，那也许是他自己的打算，可人类只会对自己的本意进行拙劣的模仿。"吉诃德神父闻言吃了一惊，他察觉到镇长声音里透着一丝哀伤和悔意。神父早已对镇长的冷嘲热讽习以为常了，他的嘲笑或许出于自我防御，可悔意却代表着绝望，意味着投降，甚至是思想产生了转变。这么久，神父第一次想到一个问题：我们两人的这次旅程会如何收场？

迭戈先生对他的孙子道："告诉他们那些墨西哥是什么人。我还以为全西班牙都已经知道了呢。"

"我们在埃尔托沃索镇没听过他们。"

"所谓的墨西哥人，"何塞神父道，"他们来自墨西哥，不过都出生在这里。他们因为贫穷逃离了加利西亚，确实逃跑了。他们想挣钱，而且挣到了钱，最后回到这儿消费。他们把钱给这里的神父，以为是捐给了教会。神父们变得愈发贪婪——他们欺诈穷人，利用迷信搜刮富人。他们比真正的墨西哥人还坏。可能有些墨西哥人以为可以用钱买到进入天堂的门票。这是谁的错呢？他们的神父比富人更了解富人，所以他们拍卖圣母玛利亚。你真应该瞧瞧他们的聚会，今天在附近的镇子上就有。出钱最多的四位墨西哥人可以在队伍中抬着圣母玛利亚。"

"这真是骇人听闻。"吉诃德神父惊道。

"你自己亲眼瞧瞧去吧。"

吉诃德神父放下手中的碗，道："我们必须走了，桑丘。"

"聚会游行还没开始。喝完酒再去也不迟。"迭戈先生挽留道。

"抱歉，迭戈先生，我已经完全没了胃口，甚至连您的佳酿也尝不出味道。你刚指出了我的职责所在——'你自己亲眼瞧瞧去吧。'"

"你能做什么，教士？连主教都支持他们。"

不久之前那句侮辱主教的话突然又溜到吉诃德神父嘴边，但他硬将话憋回了肚里，可忍不住想借用祖先的一句话："穿上我的披风，给国王一拳又有何妨[1]。"

"感谢您的盛情款待，迭戈先生，"神父道，"但我必须走了。你和我一起去吗，桑丘？"

"神父，我很想再品尝下迭戈先生的美酒，可我不能让你一个人去。"

"也许我和'罗西纳特'去最好。我会回来找你的。这件事事关教会的荣誉，你没必要……"

"神父，我们一直相互为伴，现在也不能分开。"

迭戈先生道："何塞，给他们车里装两箱我们最好的酒。我将永远记得，在这棵无花果树下，我曾与伟大的堂吉诃德的后人短暂地把酒言欢。"

---

1 《堂吉诃德》中的原文是"under my cloak I kill the king"，"穿上我的披风，杀了国王又有何妨。"本书作者虽说引用祖先的原话，却因为在无花果树下喝酒，所以故意将其变成了"under my cloak a fig for the king"，直译为穿上我的披风，给国王一个无花果。无花果代指拳头，表示蔑视。

2

他们知道应该离镇子不远了，因为路上的村民越来越多。镇子极小，比一个村子大不了多少，远远望过去，只见山上有一座教堂。路上经过西班牙美洲银行，它和所有商店一样，也关了门。"这个小地方竟然有这种大银行。"镇长感叹道。沿路继续走了不久，又经过五家银行。"都是墨西哥人的钱闹的。"镇长道。

"有时，"吉诃德神父道，"我更想称你为同志，但还不是时候，不是时候。"

"你打算怎么办，神父？"

"我不知道。我害怕，桑丘。"

"怕那些神父？"

"不，不，害怕我自己。"

"你怎么停车了？"

"把我的圣带给我。在你身后的车窗下。把罗马领也给我。"

神父下车站在街上穿戴起来，一小群人立刻聚过来围观。神父觉得自己好像一名演员，正被更衣室里的朋友围观。

"我们就要上战场了，桑丘。我要穿上我的盔甲。哪怕它像曼布利诺头盔[1]那样荒唐。"

1　意大利诗人阿里奥斯托的叙事诗《疯狂的奥兰多》中，摩尔王曼布利诺有一个具有魔力的头盔。《堂吉诃德》中，堂吉诃德将理发师的脸盘当作曼布里诺头盔。

神父再次上车，回到驾驶座上，道："我现在感觉有些底气了。"

教堂外至少有一百人围观，多数是穷人。吉诃德神父和桑丘向门口走去时，围观的人都害羞地后退，给两人闪出一条路来。一群衣着光鲜的男女——商人或银行的雇员——站在教堂门口。穷人们纷纷闪开时，吉诃德神父向其中一位询问道："里面怎么了？"

"拍卖结束了，教士。他们正在把圣母玛利亚从教堂里拿出来。"

另外一人道："今年拍卖的行情比去年好。瞧瞧他们出的金额你就知道了。"

"起拍价一千比塞塔。"

"获胜者最终出了四万比塞塔。"

"不，你错了，是三万。"

"那是第二名的出价。整个加利西亚也见不到那么多钱。"

"获胜者？"吉诃德神父追问道，"能得到什么？"

人群中某人哈哈大笑，向地上啐了一口。"可以赦免自己的罪孽。那个价格真便宜他了。"

"别听他的，教士。他对所有神圣的东西都冷嘲热讽。获胜者——很公平——可以在抬圣母玛利亚时得到最佳位置。竞争相当激烈。"

"最佳位置？"

"右前方的位置。"

"去年，"刚才开玩笑的人说道，"抬圣像的人只有四位。今年神父增加了人数，变为六位了。"

"后两位只出了一万五。"

"他们的罪孽要少一些。等明年你再看吧，会增加到八个人的。"

吉诃德神父走到教堂门前。

一个男子扯住他的袖子，手里拿着两枚五十比塞塔硬币。"教士，能给我换一张一百比塞塔的纸币吗？"

"为什么？"

"我要把钱给圣母玛利亚。"

教堂里传出赞美诗的歌声，围观的人群骚动起来，大家都在探头探脑。吉诃德神父问男子："圣母玛利亚不收硬币吗？"

越过众人的肩膀，神父瞧见一颗戴着王冠的头上下耸动，他和周围的人立刻在胸口画了个十字。身旁男子手中的硬币滑落到地上，男子马上低头去捡硬币了。神父透过人头攒动的间隙，瞥见一位抬着圣像的男子，正是之前遇到的那位戴着条纹领带的男子。随着人群纷纷后退，神父一下子瞧见了圣像全貌。

他简直不敢相信自己的眼睛。圣像那石膏做成的脸和毫无生气的蓝眼睛并不令他惊讶，这很常见，让他惊讶的是整个圣像看上去好像穿了一层纸衣。一名男子手里挥舞着一张百元比塞塔纸币，挤到圣像前。抬圣像的人停下脚步，任由男子将纸币别在圣像的袍子上。圣像全身上下别满了纸币，以至于都看不到袍子了——一百比塞塔，一千比塞塔，五百法郎，圣像胸口上还别着一张百元美钞。吉诃德神父与圣像之间仅隔着一位神父，那位神父站在圣像前，烟雾从其手中的香炉中飘出，弥漫在两人之间。吉诃德神父抬头瞧着头戴荣冠的圣母玛利亚，她双眼黯淡无光，仿佛一具无人在乎的女尸——甚至没人去为她合上双眼。神父心中暗想：她瞧着自己儿子受折磨而死，难道就是为了眼前这一切吗？为了敛财？为了让神父发家致富？

镇长——神父已经忘了他跟在自己身后了——说道："我们走吧，神父。"

"不，桑丘。"

"别做傻事。"

"哦，你这话说得真像那个桑丘。我要借用我祖先的一句话，当我的祖先瞧见巨人，而桑丘却谎称那是风车时，我祖先说的那句话——'如果你害怕就走开，去祈祷吧。'"

神父向前跨了两步，拦住正在晃香炉的神父，呵斥道："你们这是在亵渎神灵。"

"什么亵渎神灵？"神父不明就里，当他瞧见吉诃德神父的罗马领和紫色圣带，又加了一句："你是教士。"

"是的，你们是在亵渎神灵。如果你明白这句话的意思的话。"

"您这是什么意思，教士？今天是聚会日。我们教会的聚会日。我们有主教的祝福。"

"什么主教？没有主教会允许……"

戴着惹眼领带，正抬着圣像的男子突然插嘴道："这个教士是冒牌货，神父。我今天早上见过他。那时他可没戴圣带，也没戴罗马领，他正要去无神论者迭戈先生那里买酒。"

"神父，你已经表达了你的抗议，"镇长道，"我们走吧。"

"叫卫兵来。"那个墨西哥人对着人群喊道。

"你们，你们……"吉诃德神父想辩解，却被气得一时语塞。"放下圣母玛利亚。你们怎么敢让她穿成这个样子，"他对拿着香炉的神父道，"这还不如抬着她的裸像上街呢。"

"喊卫兵。"那个墨西哥人又喊了起来，可大家都饶有兴趣瞧着眼前的一幕，没人行动。

有不满者大声喊道："问问他钱去哪儿了？"

"看在上帝的份上，我们走吧，神父。"

"仪式继续。"手举香炉的神父命令道。

"门都没有，除非踏过我的尸体。"吉诃德神父道。

"你是谁？凭什么阻挠我们的聚会？报上名来！"

吉诃德神父犹豫了。他讨厌报上他自己觉得配不上的名头，可一想到圣母玛利亚受苦的样子，对圣母的爱战胜了他的不情愿。"我是埃尔托沃索镇的吉诃德高级教士。"他坚定地说道。

"他骗人。"那个墨西哥人道。

"不管你是否在说谎，这儿不是你管辖的教区。"

"只要事关天主教，亵渎神灵的事我都有权过问。"

"问问他钱去哪儿了。"人群中又有人喊道，尽管此人的语调听起来让神父不舒服，可有时盟友是无法选择的。吉诃德神父又向前迈了一步。

"这就对了。揍他。他只是个神父。现在是共和制了。"

"叫卫兵，这人是共产党。"又是那个墨西哥人喊道。

手拿香炉的神父被夹在吉诃德神父和圣像之间，他舞动香炉，希望用烟雾逼退吉诃德神父。可一不小心，香炉砸到了吉诃德神父的头，一股血顺着吉诃德神父的右眼流了下来。

"神父，我们必须走了。"镇长催促道。

吉诃德神父一把推开身前的神父，从圣像礼服上扯下百元美钞，礼服和纸币都被撕坏了。礼服另一侧的五百元法郎，神父没费劲就把它扯了下来，任由它飘落到地上。他将几张百元比塞塔纸币撕成碎片，团成球，扔进围观的人群中。早就对聚会不满的人发出欢呼，又有三四人喝起彩来。那位墨西哥人放低抬着圣像底座的杆子，导致整个圣像向一侧倾斜，圣母玛利亚的王冠歪歪斜斜地扣在左眼上。抬着圣像的另一个墨西哥人无法承受圣像的重量，只得松开杆子，圣像一头栽倒在地上，宣告了这场狂欢的结束。反对者们带着一群人上前抢钱，抬圣像的墨西哥人不明所以，和冲上前的人展开了搏斗。

镇长一把抓住吉诃德神父的肩膀，把他推出人群。只有那个打领带的墨西哥人注意到了吉诃德神父的动向，他的喊声盖过了人群的喧闹。"小偷！渎神者！骗子！"随后他深吸了一口气，又补充道："共产党！"

"今天你可真闹大了。"镇长说道。

"你这是带我去哪儿？抱歉，我不明白……"吉诃德神父抬手从额头上抹掉血迹。"我被打了？"

"不流血怎么引发革命呢。"

"我没想……"吉诃德神父被镇长的话搞昏了头，任由镇长将他拖到"罗西纳特"身旁。"我有点晕，"吉诃德神父道，"怎么会这样？"

镇长回身观望，瞧见那个墨西哥人已经冲出混战的人群，正在跟举香炉的神父交谈，一边挥舞着双臂。

"快上车，"镇长催促道，"我们必须马上离开这儿。"

"我不坐这儿，我要开'罗西纳特'。"

"你现在不能开车，你是伤员。"

"可她不喜欢陌生人碰她。"

"我可不是陌生人。难道不是我一路开着她回来救你的吗？"

"别让她劳累过度。她已经上岁数了。"

"她年轻着呢，可以跑一百迈。"

吉诃德神父没再抗议，一屁股坐在座位上。刚才的愤怒让他精疲力尽——可他还是想到了自己刚才所作所为可能引发的后果。"哦，天啊，哦，天啊，"神父说道，"如果主教知道了这件事，他会怎么说？"

"他肯定会知道的，不过我担心的不是主教，而是卫兵会怎么说——和怎么做。"

车子时速表上的指针指向了一百迈。

"引发暴乱，这是目前为止你犯下的最严重的罪行。我们必须找地方躲一躲。"镇长又补充了一句："葡萄牙最理想不过了，不过去奥赛拉的修道院总比没地方躲强。"

此后，两人一路默默前行，车子开了半小时后，镇长开口问道："你睡着了吗？"

"没有。"

"你这么沉默很反常。"

"我正忍受着自然法则对我的折磨。我很想下去方便一下。"

"不能再憋半个小时吗？再有半个小时，我们就到修道院了。"

"我憋不住了。"

镇长不情愿地停了车，车子停在一块田地和一座貌似古代凯尔特十字架[1]的建筑旁。趁着吉诃德神父解放膀胱之际，镇长读着十字架上的刻字，可惜年代久远，十字架上的字已经分辨不清了。

"舒服多了。我又可以聊天了。"吉诃德神父回来道。

"真是怪事，"镇长说道，"你注意到田里那个古老的十字架了吗？"

"看到了。"

"它没你想象中那么古老。十字架建于 1928 年，没放在其他地方，而是放在田里，是为了纪念一位学校的督学。为什么把十字架立在这儿？为什么是为了纪念学校的督学？"

"那可能是他死去的地方。或许是摩托车事故？"

"也许是卫兵杀了他。"镇长说这话的时候，瞥了眼后视镜，车后的道路上空无一人。

---

1 天主教十字架的一种，中央交叉处连接着一个圆环。

IV

吉诃德教士是如何与祖先团圆的

1

灰色宏伟的奥赛拉修道院，几乎完全隐身于加利西亚的山谷之中。修道院每个入口处设有小商店和小酒吧，这就是整个奥赛拉村的全部。修道院外墙上雕刻有图案，其历史可以追溯到十六世纪，墙内的建筑则建于十二世纪——内里有一座庄严肃穆的楼梯，宽近二十米，可并肩行走两排队伍，楼梯尽头是一条长廊，位于中庭和回廊的正上方，客房分列于长廊两侧。白天这里几乎只能听到锤子的叮当声，六名工人正竭尽全力，对修道院七个世纪以来所遭受的摧残修修补补。偶尔可见一位身着白色长袍的人匆忙走过，此人显然有要务在身。曾对修道院的建成有功的教皇和骑士的木制雕像隐身于黑暗的角落之中。每当夜色降临，他们仿佛悲哀的记忆，又活了过来。到访的人都会有这样的感觉：这里像一座被抛弃的荒岛，一小群探险家刚刚占领这里，并试图在逝去的文明残迹中建立自己的家园。

教堂的大门正对修道院前的小广场，教堂只在访问期间和周日做弥撒时开放，不过修道士可以通过客房所在长廊的专用楼梯进入教堂，教堂中殿与很多大教堂的中殿一样空旷。修道院好像一座寂寞的海岸，只在访问或有客人留宿时，才迎来游船上下来的游客，也只有这时这座古老的石头建筑中才能听到人的声音。

2

莱奥波尔多神父心知肚明，自己刚做的客餐极其糟糕。尽管他从不幻想自己是大厨，他的特拉普派同伴过去吃的比今天更糟，可他们没机会抱怨——因为在这里大家无论厨艺好坏，都要轮流做饭。不管怎样，多数访客曾吃过的饭菜肯定要比这里的好。莱奥波尔多神父难过还另有原因，因为他对修道院此刻唯一的访客心怀敬意，此人是美国圣母大学西班牙研究系的教授。从残羹剩饭就可以判断出皮尔比姆教授对自己这顿饭的评价：汤，最多只喝了一勺或两勺，鱼几乎一点没动。帮莱奥波尔多神父洗碗的助理修士瞧见要洗的盘子，夸张地双眉立起，对莱奥波尔多神父眨了眨眼。在奉行禁言的修道院里，眨眼所代表的含义可以媲美语言。这里禁言，但不禁止人们用其他方式进行交流。

莱奥波尔多神父很高兴，终于可以离开厨房去图书馆了。他希望在图书馆找到教授，当面向他为饭菜表达歉意。这里允许他们与访客交谈，他确信皮尔多姆教授会原谅他用盐的疏忽。与往常一样，他那时又在想笛卡尔。皮尔多姆教授此次是第二次访问奥赛拉，他的到来搅乱了莱奥波尔多神父正常平静的生活，令他心生困惑，心绪不宁。皮尔多姆教授或许堪称世上研究圣依纳爵·罗耀拉生平和作品的绝对权威，即便和他探讨神父自己毫不感兴趣的话题，比如耶稣会圣徒，也让人有种乞丐得到食物的满足。但有时与访客交谈是危险的。因为这儿总有些异常虔诚的年轻人来访，他们认为来此体验特拉普派的生活是神的召唤，这些人的无知，和自认为是对他最伟大的奉献的夸张崇拜，常常令莱奥波尔多神父很恼火。那帮人幻想以浪漫的方式将生命奉献给自己的信仰。可莱奥波尔多神父来此只希望找到内心那飘摇不定的平和。

在图书馆没见到教授，莱奥波尔多神父又坐下开始想笛卡尔。一如笛卡尔教导瑞典女王[1]一样，正是笛卡尔令他摒弃了怀疑论，从而加入了教会。但笛卡尔肯定不会在汤里加那么多盐，也不会将鱼烤得过老。笛卡尔注重实践，曾为治疗盲人研究眼镜，亦曾为了帮助行动不便之人研究轮椅。年轻时，莱奥波尔多神父从未想过自己会成为神父。他一直追随笛卡尔，并没意识到这种行为会对他的未来造成怎样的影响。像笛卡尔一样，莱奥波尔多神父曾质疑世间的一切，竭尽全力寻找绝对真理，可最终也和笛卡尔一样，找不见真理本身，只能接受看似最接近真理的东西。但相比笛卡尔，莱奥波尔多神父又向前迈了一大步，他直接来到奥赛拉，进入无声的世界。对此他没有感到不开心——除了他做的汤和鱼——但不管怎样，他很高兴有机会和知识渊博的人谈话，即使不谈笛卡尔，谈圣依纳爵·罗耀拉也没关系。

莱奥波尔多神父在图书馆坐了一会儿，依然不见皮尔比姆教授

---

1 指克里斯蒂娜女王，1632 年因为父王战死继承王位，成为瑞典女王。笛卡尔受女王之邀赴瑞典与女王探讨哲学，却因为瑞典天气严寒患上肺炎而死。

的踪影，于是他沿着客房走廊向下走，进入宽敞的教堂。此刻正值教堂关闭时间，里面可能空无一人。除对外开放时间之外，即便在周日，这里也没几个人，几乎不会受到陌生人的打扰，莱奥波尔多神父觉得这里更像自己的家。他在这里为自己祈祷，也经常为笛卡尔祈祷，有时甚至向笛卡尔祈祷。莱奥波尔多神父通过修道院内的暗门走进教堂，教堂内颇为昏暗，他一时没认出眼前的人，此人正在观看教堂内诡异的壁画，画中是一位被困在荆棘丛中的赤裸男子。那人一开口，莱奥波尔多神父立刻听出了美国口音——此人正是皮尔比姆教授。

"我知道你不太喜欢圣依纳爵·罗耀拉，"教授道，"但他起码是名优秀的战士，一名优秀的战士知道如何让痛苦更有价值，而不是将自己抛进荆棘丛中。"

莱奥波尔多神父打消了单独祈祷的念头，在修道院，与人交谈的机会极其宝贵，无论何时都是莫大的恩赐。他说道："我并不确定圣依纳爵·罗耀拉是否真在乎自己的痛苦有没有价值。一名战士可能会极其浪漫。正因如此他才成了国民英雄。西班牙人人崇尚浪漫，所以有时把风车当作巨人。"

"风车？"

"你知道的，我们有位伟大的现代哲学家曾将圣依纳爵·罗耀拉和堂吉诃德做过对比。两人有很多相同之处。"

"我从没读过塞万提斯的书。他的文风过于魔幻，不合我的口味。我没时间读小说，我喜欢史实。如果能让我发现一份从未问世的关于圣依纳爵·罗耀拉的文献，就是死也瞑目了。"

"真实还是虚幻——有时很难区分。你身为天主教徒……"

"有名无实而已，神父，我得这么说。因为我生来就是教徒，也就没费力去改变它。当然，天主教徒的身份有利于我的研究——让我四处逢源。而你，莱奥波尔多神父，你是笛卡尔的信徒，要我说，你肯定是四处碰壁的情况居多。你怎么会到这儿来？"

"我想是笛卡尔让我走到了这一步，正如他自己一样——为了信仰。真实还是虚幻——最终很难分辨——你只能二选一。"

"所以你选择成为特拉普派修道士？"

"有一点您一定很清楚，教授，如果你决定跳水，那么跳进深水更安全。"

"你不后悔……？"

"教授，世间总有很多事留待你后悔。后悔是生活的一部分。即使藏身在这座十二世纪的修道院中也避免不了后悔。您身在圣母大学，就能避免后悔吗？"

"不能，但我很早就下定决心，绝不会跳……"

教授显然食言了，因为话音未落，他就跳了起来。外面突然传来一声爆炸声，紧接着又传来两声爆炸声和撞车的声音。

"爆胎了，"皮尔比姆教授喊道，"可能撞车了。"

"那不是爆胎，"莱奥波尔多神父道，"是枪声。"说完他一边向楼梯走去，一边回头喊道："教堂门锁着呢。跟我来。"神父穿着长袍，沿着客房的走廊努力向前跑去，待跑到楼梯口时已经上气不接下气了。教授紧跟在神父身后。"你去找恩里克神父，让他打开教堂大门。如果有人受伤，我们无法抬他上楼梯。"

负责照看修道院入口处小商店的是弗朗西斯科神父，此刻他抛下了他的明信片、玫瑰念珠和利口酒。他虽然一脸惊慌，却没违背禁言的誓言，谨慎地对着入口处挥着手。

一辆小型西雅特汽车撞在教堂外墙上。两名卫兵从吉普车上下来，举着枪，小心翼翼地接近撞在墙上的汽车。车内一位男子满脸是血，正试图打开车门，他对着卫兵怒喊道："快过来帮忙，你们这帮杀手。我们没有武器。"

莱奥波尔多神父问道："你受伤了吗？"

"当然受伤了。我没事。但他们杀死了我的朋友。"

卫兵将枪收起。其中一人道："我们只对轮胎开了枪。"另外一位卫兵解释道："我们收到命令。这两人引发暴乱，我们要逮捕他们。"

莱奥波尔多神父透过粉碎的挡风玻璃，打量着坐在副驾驶位上的人，喊道："他是神父！"一会儿又补充道："是教士。"

"是的，"陌生男子怒气冲冲道，"他是教士，要不是教士半路停下车方便，我们早就安全抵达修道院了。"

两名卫兵撬开了副驾驶的车门。"他还活着。"一名卫兵道。

"都是拜你们所赐。"

"你们被捕了。上那辆吉普车里去，我们把你朋友拉出来。"

教堂的大门这时突然打开，皮尔比姆教授来到众人面前。

莱奥波尔多神父道："这两人都受伤了。你们不能就这样带走他们。"

"他们犯了引发暴乱和偷窃财物罪。"

"胡说八道。车里的人是教士。教士不会偷钱。你这位朋友叫什么名字？"莱奥波尔多神父向车里的陌生人问道。

"吉诃德教士。"

"吉诃德！这不可能。"皮尔比姆教授惊讶道。

"埃尔托沃索镇的吉诃德教士。伟大的堂吉诃德的后人。"

"堂吉诃德没有后人。这怎么可能？他是个虚构人物。"

"又是真实和虚幻的问题，教授。它们实在难以区分。"莱奥波尔多神父道。

卫兵终于将吉诃德神父拉出撞毁的汽车，将他平放在地上。吉诃德神父挣扎着要说话。

陌生男子俯身向前，耳朵贴近吉诃德神父。"如果他死了，"他对卫兵道，"我向上帝发誓，要让你们吃不了兜着走。"

一名卫兵似乎被这话吓到了，另外那位士兵则恶狠狠地质问道："你叫什么名字？"

"桑加斯·恩里克，不过教士，"他特意着重读出教士这个词，"喜欢称我为桑丘。"

"你的工作呢？"

"我是埃尔托沃索镇的前镇长。"

"证明文件呢。"

"如果你把它们从那堆烂铁里找出来，可以尽管看个够。"

"桑加斯先生，"莱奥波尔多神父道，"你听清教士说什么了吗？"

"他在问'罗西纳特'是否还好？"

"'罗西纳特'？"皮尔比姆教授诧异道，"'罗西纳特'是匹马。"

"他是说那辆车。我不敢对他实话实说。怕他承受不住这么大的打击。"

"教授，能请您给奥伦赛的医生打个电话吗？弗朗西斯科神父知道医生的号码。"

之前态度蛮横的卫兵道："医生我们会找的。我们要把他们带到奥伦赛去。"

"这种情况下绝对不行，我不允许。"

"我们会派救护车过来。"

"如果愿意，你可以派救护车过来，但救护车可能要等很久：这两人必须先待在修道院，直到医生同意离开才可以。我会和奥伦赛的主教联系，我确定他会和你们的上级打招呼的。难道你们还敢用枪逼我不成。"

"我们回去汇报。"另外那位士兵道。

皮尔比姆教授带着一位修道士回来，两人抬着床垫。教授道："弗朗西斯科神父正在打电话。这个应该可以当担架。"

大家费了一番力气将吉诃德神父抬上床垫，随后四个人抬着床垫进了教堂，一直将神父抬到中殿。吉诃德神父嘴里念念有词，可能是祈祷，也可能是咒骂。一行人先来到祭坛前，随后转向楼梯走去，吉诃德神父努力想在胸前画个十字，可没等画完，人就昏了过去。抬着吉诃德神父上楼梯可不轻松，一上到楼梯顶上，众人就不得不停下来休息。

皮尔比姆教授道："吉诃德不是西班牙姓氏，甚至连塞万提斯本人都说过，堂吉诃德真正的名字也许是盖哈纳，另外，他的家乡也不在埃尔托沃索镇。"

镇长道："吉诃德教士也不是埃尔托沃索镇人。"

"那他的出生地是？"

镇长引用塞万提斯的原话道："'在拉曼查某个村子，我不想提它的名字。'"

"整个故事都是荒诞的。另外，'罗西纳特'……"

莱奥波尔多神父插嘴道："等把他平平安安放到三号客房的床上之后，我们再讨论真实和虚幻的问题也不迟。"

吉诃德神父睁开双眼。"我这是在哪儿？"他疑惑道，"我以为……我以为……是在教堂里。"

"是在教堂里，教士。奥伦赛的教堂。我们现在正要把你送到客房去，在那里你可以好好睡上一觉，医生会来看你的。"

"又是医生。哦，天啊，哦，天啊，我的身体有这么差吗？"

"稍微休息一下，就会好起来的。"

"我以为……在教堂里……然后出现了楼梯……如果我能做个弥撒……"

"也许……明天吧……等你恢复过来。"

"我已经很久没做弥撒了。因为生病……旅行……"

"别担心，教士。说不定明天就可以了。"

他们将吉诃德神父安全抬进房间，急忙赶来的医生检查过神父后，认为他并无大碍——仅受了点惊吓，额头被挡风玻璃碎片划了一个小口子而已。但考虑到神父上了年纪……医生打算明天再给他做一次彻底检查，也许该照个 X 光片。神父现在需要静养。反而是镇长的情况需要更多留意，不仅是指他的伤情，因为在医生给他做过检查后（缝了大概六七针），奥伦赛卫兵的上级打来了电话。他们已经通过电话向拉曼查核查了吉诃德神父的情况，据那儿的主教说，确实有这么一位吉诃德教士（他成为高级教士完全是因为大主教的一时疏忽），此人精神有问题，所以他的所作所为不会受到法律的制裁。可吉诃德神父的同伴就没那么走运了。他确实是埃尔托沃索镇的镇长不假，可在最近的选举中落选了。

幸好接电话的人是莱奥波尔多神父。他如此说道："在奥伦赛，我们不关心政治。他会一直待在这儿，直到恢复健康。"

3

医生为吉诃德神父注射了镇静剂。神父昏昏沉沉地睡了过去，一直睡到凌晨一点。他睁开双眼，恍惚中不知身在何处，于是叫道："特丽莎！"可没人回应。但他确实听到有动静——是男人的声音，他以为是埃雷拉神父和主教正在客厅讨论他的病情。吉诃德神父本想下床，可腿不争气，没等站起来就又一屁股坐回床上，他愈加焦急地喊着特丽莎。

镇长闻声走进屋，莱奥波尔多神父紧随其后。皮尔比姆教授没进房间，站在门口向里观望。"你觉得哪里疼吗，教士？"莱奥波尔多神父问道。

"请不要称我为教士，加尔文医生。我已经连做弥撒的权利都没有了，主教禁止我做弥撒。他甚至想烧掉我的书。"

"什么书？"

"我喜欢的书。圣方济各、圣奥古斯丁和圣马丁的书，甚至连圣约翰的书都不想给我留下，因为他不信任我。"神父伸手摸到头上的绷带。"很高兴又回到埃尔托沃索镇。不过此时此刻，埃雷拉神父可能正在外面烧我的书。"

"别担心。神父，用不了一两天，你就会好起来的。你现在必须好好休息。"

"医生，我无法休息。脑子满满的，就要爆炸了。瞧你这身白大褂——你准备给我动手术，是不是？"

"当然不是，"莱奥波尔多神父向他保证道，"你只要再服一片帮你睡眠的药就好。"

"啊，桑丘，是你吗？很高兴见到你。你找到了回家的路。'罗西纳特'怎么样？"

"她累了，正在车库休息。"

"我们真是老了。我现在也感觉很累。"

吉诃德神父乖乖吃了药，马上昏睡了过去。

"我坐在这儿守着他。"桑丘道。

"我陪你。我也担心得睡不着。"莱奥波尔多神父道。

"我去躺一会儿，"皮尔多姆教授对两人道，"你们知道我住哪个房间。如果需要就叫醒我。"

凌晨三点，守候在床边的两人正在打瞌睡，突然被吉诃德神父的声音惊醒了。他们听到吉诃德神父说道："主教阁下，绵羊也许可以驯服大象，但我请求您在祈祷时不要忘了山羊。"

"他这是在说梦话还是胡话？"莱奥波尔多神父纳闷道。

桑丘道："我记得好像……"

"您没有权力烧我的书，主教阁下。赐我一剑吧，我求您了，不要让我死于针尖之下。"

吉诃德神父刚安静了一会儿，又说道："放屁，"接着又道，"也可以很动听。"

"我担心，"莱奥波尔多神父低声道，"他的病情比医生说的严重。"

"曼布利诺，"床上又传出吉诃德神父的声音，"曼布利诺头盔。把它给我。"

"曼布利诺头盔是什么？"

桑丘道："理发师的脸盆，他认为他的祖先堂吉诃德戴着它当头盔。"

"教授好像认为那些都是无稽之谈。"

"主教也这么认为，这反而让我觉得有可能是真的。"

"对不起，请您原谅那半瓶酒。那是对圣灵的亵渎。"

"这话又是什么意思？"

"此事说来话长。"

"人类从动物身上学到很多重要的品德：从鹳身上学会了气量，

从大象身上学到了贞洁，从马身上学到了忠诚。"

"这像是圣方济各的话。"莱奥波尔多神父悄声道。

"不，我认为是塞万提斯的话。"皮尔多姆走进房间纠正道。

吉诃德神父有一会儿没再出声。"他睡着了，"莱奥波尔多神父低声道，"等他醒了，也许会消停些。"

"他不出声往往不代表平静，"桑丘道，"有时代表愤怒。"

床上再次传来吉诃德神父坚定的声音。"我给你的不是总督职位，桑丘。我给你的是一个王国。"

"快和他说话。"莱奥波尔多神父催促道。

"一个王国？"桑丘重复道。

"跟着我，你会发现这个王国。"

"我绝不会离开你，神父。我们已经一起旅行很久了。"

"希望你能借此发现爱。"

吉诃德神父猛地从床上坐起，一把扯开被子。"你禁止我做弥撒，主教阁下，甚至私下里也不许。这是错误的，因为我无罪。我要当众再说一遍我曾对加尔文医生所说的话——'去他妈的主教。'"吉诃德神父双脚支地，身体摇晃了一阵，终于站稳了。"希望借此，"他重复道，"你能发现爱。"

吉诃德神父走到房门前，把弄了一会儿门把手，然后回过身，眼前的三人在他眼里仿佛是空气。"没有气球，"他的语气里透着深深的哀伤，"没有气球。"

"跟着他。"莱奥波尔多神父对镇长命令道。

"不叫醒他吗？"

"不，那可能有危险。让他把梦做完吧。"

吉诃德神父小心翼翼地走出房间，沿着走廊向主楼梯慢慢走去，或许他回想起了自己被抬进来的情形，便停下了脚步。随后他面向一座木制雕像——也不知是教皇还是骑士——声音颇为清晰地问道："去您的教堂是从这儿走吗？"好像听见雕像回答一般，他转过身，不发一言地走过桑丘身边，这次他走对了方向，向通往教堂的专用楼梯走去。大家蹑手蹑脚跟着吉诃德神父，害怕吵醒他。

"他要是掉下楼梯怎么办？"镇长低声问道。

"可叫醒他更危险。"

吉诃德神父领着众人走进大教堂，教堂内昏暗不清，屋里只有半个月亮透过东侧窗户投进来的月光。神父步履坚定，一边向祭坛走去，一边嘴里念念有词。他嘴里念叨的是古拉丁文的弥撒，弥撒的形式颇为古怪，无头无尾，只节选了中间的内容。他先念的是答唱咏："Et introibo ad altare Dei, qui laetificat juventutem meam[1]。"

"他知道自己在做什么吗？"皮尔多姆教授低声问道。

"谁知道呢。"莱奥波尔多神父道。

吉诃德神父的弥撒仿佛在快进——既没读经，也没读福音，好像要马上进入圣祭环节似的。难道他害怕主教打扰他？镇长暗地纳闷。也许是担心卫兵？神父甚至都没念从圣彼得到达米安那一长串的圣人名字。

1　拉丁文：我会去到神的祭坛，他赐欢乐于我的青春。

"等他找不到圣餐碟和圣杯，肯定会醒的。"莱奥波尔多神父断言道。镇长向前迈了几步，离祭坛近一些，他担心吉诃德神父醒过来时会从祭坛上掉下来，如果出现那种情况，他可以接住神父。

"在受难的前一天，他吃了面包……"吉诃德神父貌似没意识到祭坛上没有圣饼和圣餐碟。他举起空空的双手，"Hoc est enim corpus meum[1]。"随后毫不迟疑地开始了圣祭，他举起根本不存在的圣杯，杯中当然也不可能有圣酒。

听到祭词，莱奥波尔多神父和皮尔多姆教授习惯性地跪在地上。镇长则依然站着，时刻准备接住吉诃德神父，以防他跌下祭坛。

"Hic est enim calix sanguinis mei[2]。"吉诃德神父空空的双手好像正握着那不存在的圣杯。

"他说的是梦话？胡话？还是疯话？"皮尔多姆悄声问道。镇长又小心翼翼向祭坛走了几步，担心惊醒吉诃德神父。只要神父在说拉丁文，起码他是在做美梦。

这么多年过去，镇长年轻时在萨拉曼卡学的弥撒早已忘得差不多了。现在还记得的几段内容，都是在那个久远年代让他深受触动的。此刻的吉诃德神父似乎也是如此——神父这些年做弥撒，几乎都是机械地念着祭文，他此刻能记起的，只有那些好像童年时代黑夜中的灯火的词句，曾经照亮了因袭的黑暗之屋。

神父还记得上帝，他的思绪跳转到"Agnus Dei[3]"上。"Agnus

1　拉丁文：这是我的身体。

2　拉丁文：杯中是我的血。

3　拉丁文：上帝的羔羊。

Dei qui tollis peccata mundi[1]。"神父停下摇摇头。那一刻，镇长还以为神父要醒过来。神父的声音突然变得异常轻柔，只有镇长能听清他在说什么。"上帝的羔羊，可是山羊，那些山羊，"随后神父念起那位罗马百夫长[2]的祈祷："主啊，不必劳驾，因为你到舍下来，我实在不敢当，我也觉得没有资格去见你；只要你说一句话，我的仆人就必好了。"

即将进入领圣餐环节了，教授道："等他发现什么都没有时，肯定会醒的。"

"我对此表示怀疑，"莱奥波尔多神父说，接着又补充道："我都怀疑他是否还会再醒过来。"

吉诃德神父站在祭坛前沉默了几秒，身体前后微微摇摆。镇长立刻向前跨了一步，准备接住神父，可神父又张口说道："Corpus Domini nostri[3]。"然后毫不犹豫地从根本不存在的圣碟上拿起根本不存在的圣饼，将空无一物的手放在舌头上。接着他举起根本不存在的圣杯，开始喝酒。镇长瞧见神父的喉结随着吞咽的动作上下活动。

吉诃德神父似乎终于发现教堂里还有其他人。他困惑地环顾四周，好像在找领圣餐的人。他瞧见了镇长，镇长距离他不过几英尺。神父手指间夹着完全不存在的圣饼，皱皱眉头，好像有什么事

---

1 拉丁文：上帝的羔羊，带走了世上的罪。

2 出自《路加福音》：上帝治好百夫长的仆人。百夫长所重用的一个奴仆，病得快要死了。百夫长听见耶稣的事，就打发犹太人中几个长老到他那里，求他去医治他的奴仆。长老们就来见耶稣，恳切地求他说："你给他行这事，是他配得的，因为他爱我们的人民，给我们建造会堂。"耶稣就和他们同去。离那不远的时候，百夫长派几个朋友来说："主啊，不必劳驾，因为你到舍下来，我实在不敢当，我也觉得没有资格去见你；只要你说一句话，我的仆人就必好了。"

3 拉丁文：我们主的身体。

让他感到困惑，随后面露微笑。"Compañero[1]，"神父说道，"你必须跪下，Compañero。"神父向前走了三步，伸出双指，镇长随即跪下。只要能让他心里好受，镇长心道，不管让我做什么都可以。指头越伸越近，镇长张开嘴，他的舌头碰到了指头，感觉好像圣饼。"希望借此，"吉诃德神父说道，"借此，"突然双腿一软。镇长及时接住了神父，将他缓缓放在地上。"Compañero，"镇长重复着神父刚才的话，"我是桑丘。"尽管镇长一遍又一遍去听，却再也听不到吉诃德神父的心跳了。

4

访客主管——一位上了年纪，名为费利佩的神父——告诉镇长，莱奥波尔多神父可能在图书馆。此刻正值访客时间，费利佩神父正带着一队掉队的游客参观修道院对外开放的场所。这群队伍中有上岁数的老妇人，她们心怀无比的敬意，认真倾听着神父所说的每一个字；有明显心不在焉的丈夫们，从他们的态度可以看出，他们来这里只是为了讨妻子的欢心；还有三位被告知禁止抽烟的小伙子，正因为队伍里的两位漂亮女孩对他们不感兴趣而垂头丧气。在女孩面前，他们的男子气概仿佛丧失了魔力，而这所古老建筑的禁欲气氛和沉默禁言却成了令她们心动的香水，她们睁大眼睛，饶有兴趣地瞧着"Clausura[2]"标志，这个标志好像交通灯，切断了众人

1　西班牙文：伙伴。

2　西班牙文：关闭。

前进的道路。她们觉得那后面似乎隐藏着更有趣的秘密，比小伙子能提供的一切更有趣。

一个小伙子推了推一道门，发现门是锁着的。为了引起大家对他的注意，他喊道："嗨，神父，这里面是什么？"

"一位要睡很久的访客。"费利佩神父答道。

是长眠，镇长心道。那正是吉诃德神父尸体所在的房间。镇长先瞧着这帮人沿着客房外的长廊向下走去，然后转身去了图书馆。在图书馆里，他瞧见教授和莱奥波尔多神父正在踱来踱去。"又是真实和虚幻的问题，"莱奥波尔多神父边走边道，"谁都无法清楚地区分它们。"

镇长插嘴道："神父，我来向你们告别。"

"我们很欢迎你再住一段时间。"

"吉诃德神父的尸体今天会被送往埃尔托沃索镇。我觉得我最好去葡萄牙，我在那儿有朋友。不知是否可以借用你的电话？我想叫辆出租车送我去奥伦赛，到了那儿就可以雇车了。"

教授道："我可以送你。今天我正好必须去趟奥伦赛。"

"你不参加吉诃德神父的葬礼吗？"莱奥波尔多神父问镇长。

"怎么处理人的肉体并不是很重要，不是吗？"

"很基督徒的想法。"莱奥波尔多神父评论道。

"另外，"镇长道，"如果吉诃德神父葬于埃尔托沃索镇，他的主教肯定会来参加葬礼，我在的话会打扰主教。"

"哈，是的，那位主教。今天早上他打过电话，希望我转告修道院院长，一定要禁止吉诃德神父做弥撒，即使私下也不行。我向他解释说，按照目前这种令人悲伤的情况，吉诃德神父肯定再也不会违背他的命令了。"

"他怎么说？"

"什么也没说，不过，我好像听到一声如释重负的叹息。"

"你为什么说'再'？昨晚听到的根本算不上弥撒。"教授道。

"你确定？"莱奥波尔多神父反问道。

"当然。根本没有圣祭。"

"我再重问一次——你确定？"

"当然，我确定。根本没有圣饼和圣酒。"

"我觉得，在有没有**看见**圣饼和圣酒这个问题上，笛卡尔会比你更谨慎。"

"你跟我一样清楚，根本没有面包和酒。"

"我和你一样清楚——或者完全不清楚——是的，你说得没错。不过吉诃德教士确信自己面前摆着面包和酒。那我们到底谁是对的呢？"

"我们都对。"

"很难用逻辑证明此事，教授。非常困难。"

"你的意思是，"镇长问道，"我可能领了圣餐？"

"当然——吉诃德神父是这么认为的。这有什么关系吗？"

"我无所谓。但我担心按照你们教会的标准，我根本不配领取圣餐。我是个共产党员。三十多年没做过忏悔。这三十多年我都做什么了——你肯定不想我一一道来。"

"或许吉诃德神父比你更了解你的思想。你们是朋友，一起旅

224

行。他鼓励你领取圣餐，对你的资格没有一丝怀疑。我清楚地听到他说，'跪下，伙伴。'"

"根本没有圣饼，"教授坚持道，语气中透着恼火，"我不管笛卡尔怎么说，你这是抬杠。你曲解了笛卡尔的话。"

"你不觉得将空气变成酒比将酒变成血更困难吗？我们受限的感官能对这种事做出正确的判断吗？这是一个无法解释的谜团。"

镇长说道："我更赞同没有圣饼的说法。"

"为什么？"

"因为我年轻时也曾对上帝半信半疑，现在还有点迷信。我挺怕谜团的，而且在我这个年纪转换信仰也太晚了。相比谜团，我更喜欢马克思，神父。"

"你是个好朋友，也是个好人。你不需要我的祝福，但不管怎样，你必须接受我的祝福。不要难为情，这只是我们的习惯，好比圣诞节要寄贺卡。"

等教授的时候，镇长在费利佩神父的店里买了一小瓶利口酒和两张图画明信片。修道院没收他的住宿钱，甚至没有收电话费。镇长不想欠人情——人情好比手铐，只有为你戴手铐的人才能给你摘下。他希望自由自在，可他有种感觉，从埃尔托沃索镇出发之后，他的自由就不知丢到哪里去了。只有心存质疑才可被称为人，吉诃德神父曾如是说，可质疑意味着失去行动的自由，镇长心里嘀咕着。质疑让人做事举棋不定。牛顿发现地球引力，马克思预言资本主义的未来，他们靠的都不是质疑。

镇长走到变成一堆废铁的"罗西纳特"身旁。幸好吉诃德神父没看见她这副模样。"罗西纳特"半个身子靠在墙上，挡风玻璃成了碎片，一扇车门脱离了门栓，另一扇门则凹进车身，轮胎中弹瘪了："罗西纳特"和吉诃德神父一样，再也没有未来了。他们在几小时内相继死去——变成一堆破烂不堪的金属和一个神志不清的疯子。镇长坚信两者的经历颇为相似，并努力想让自己接受一件事：人类也是一种机器。可吉诃德神父爱上了这台机器。

这时，镇长听到一阵喇叭声，他转身离开"罗西纳特"，来到皮尔多姆教授车前。待镇长坐进车，教授道："莱奥波尔多神父太迷恋笛卡尔了。我想身处在那种必须禁言的环境之下，奇怪的念头会像黑暗地窖中的蘑菇一样疯长。"

"是的，也许吧。"

一直到奥伦赛，镇长再没说过话。有个奇怪的问题他一直搞不明白。为什么对一个人的恨——甚至是对佛朗哥这种人的恨——会随着这个人的死而消逝，而爱，却并不会随着人与人的永久分离和沉寂而消逝。他不过才喜欢上吉诃德神父这个人，可这种爱现在不但没有消逝，反而变得越来越强烈——这种爱会持续多久？琢磨着这个问题，他开始有些担心。这种爱到底会不会消失？又会有什么结果呢？